KB036512

나는 토끼처럼
귀를 기울이고
당신을 들었다

글 황경신

부산에서 태어나 연세대학교 영문학과를 졸업했다.
『나는 하나의 레몬에서 시작되었다』, 『그림 같은 세상』, 『모두에게 해피엔딩』,
『초콜릿 우체국』, 『세븐틴』, 『그림 같은 신화』, 『생각이 나서』, 『위로의 레시피』,
『눈을 감으면』, 『밤 열한 시』, 『반짝반짝 변주곡』, 『한입 코끼리』 등의 책을 펴냈다.

그림 이인

작위(作為)에 흐르지 않고 검소하지만 강건한 조형으로 인간의 내면풍경을
형상화하는 화가로, 15회의 개인전을 통해 작품을 발표해왔다.
다수의 작품이 국립현대미술관, 경기도미술관, Oci미술관, 금호미술관,
파라다이스문화재단, 외교통상부, 국토개발연구원, 미술은행, 국가경영정보원,
태평양법무법인, 거제문화회관, 통영시, 포항공대학술문화관,
제주현대미술관, 대산문화재단, 교보문고 등의 공공기관에 소장되어 있다.

71 True Stories & Innocent Lies

나는 토끼처럼
귀를 기울이고
당신을 들었다

황경신 글 / 이인 그림

소담출판사

어찌하여 삶이라는 시간은
시작부터 사라져가는 것일까

_ 라이너 마리아 릴케

화음과 지음

　지금까지 세상에 존재하지 않았던 무엇이 발현하는 순간은 언제나 매혹적이다. 이를테면 하나의 감정, 불현듯 불길로 솟아오르는 마음이나 물길을 만들며 흘러가는 느낌이 심장에 새겨질 때, 또는 시간의 무수한 겹이 쌓여 층을 이루고 그것이 어떤 아름다운 무늬로 완결될 때, 그리고 사람의 생에 촘촘하게 박힌 슬픔이나 결핍 같은 것이 노래나 춤, 그림이나 글로 모습을 드러낼 때.

　존재한 적 없으나 이제 존재하게 된 무엇은 타인의 감각, 그러니까 시각과 촉각과 후각과 청각과 미각을 자극하고 그의 세계를 간여한다. 심장을 말랑하게 만들기도 하고, 손바닥을 간질이기도 하고, 귓불을 단단하게 조이기도 한다. 무슨 마음을 먹게 하거나 어떤 행동을 유발하기도 한다. 이인 화백의 그림은 그런 방식으로 나의 세계 안에 낯선 길들을 만들었다.

벅찬 그림들을 마음에 품으니 밤마다 꿈들이 찬란했다. 그 사이에 계절이 아홉 번쯤 바뀌었다. 그의 그림들은 너무 가깝거나 너무 멀었고, 그 간극을 재어보느라 나는 미몽을 헤맸다. 어떻게 하면 어지럽지 않은 화음이 될지를 고심했고, 어떻게 하면 그의 소리를 제대로 알아듣고 그대로 껴안을 수 있나 한탄했다. 그러던 어느 날 정신을 차려보니, 나는 한 번도 이르지 못한 곳에 당도해 있었다.

이 길은 이렇게 끝났지만 막다른 골목은 아니다. 이제 내 눈앞에는 한 번도 본 적 없는 수백, 수천 개의 문들이 있다. 만져보고 두드려보고 열어보는 일에는 언제나 망설임과 두려움이 있지만, 그 문 뒤에는 세상에 존재하지 않았던 또 다른 무엇이 발현할 순간을 기다리고 있을 것이다. 어쩌면 그곳에서 당신을 만나게 될지도 모를 일이니, 그림처럼 아름다웠던 계절들을 고스란히 간직하고 나는 걸음을 옮겨야겠다. 무엇인가 아름다운 것을 짓기 위해.

황경신

차례

조율

　우리 이렇게 하나의 세계에 담겨 어깨를 나란히 하고. 같은 풍경을 바라보며 다른 생각에 잠기고. 하늘에 별이 떴다 지고 땅 위에 꽃이 머물다 사라질 때. 바닥이 보이지 않는 슬픔을 가늠해보며 끝이 보이지 않는 미래를 아득하게 앙망할 때. 닿을 듯 닿지 않고 떨어질 듯 떨어질 수 없는 사이사이, 그러나 아무도 모르게 맞닿은 뿌리들이 문득 숨을 죽일 때. 그러다가 누군가 먼저 노래를 시작할 때. 나지막이 시작된 그 노래의 조용한 화음이 되려 하는 나는 떨리는 목소리를 감추며 당신의 멜로디 근처를 맴돈다. 당신이 도라면 나는 높은 미가 되어, 피와 살, 영혼과 육체가 어지러이 뒤섞인 울림으로, 이 세상에 단 한 번도 존재하지 않았던 하나의 음악을, 생의 아름다운 발치에 바치고자 하는 것이 나의 기도. 같은 생각과 같은 소리로 하나가 되는 일은 우리에게 어울리지 않으므로. 무언가를 조율한다는 것은, 의견이나 삶을 조율한다는 것은, 다른 소리를 하나로 모으는 것이 아니라, 하나하나의 고유한 음을 찾아주는 일이라는 것을, 나는 알고 있으므로. 피아노의 팽팽한 현을 잡아당겨, 도로 태어난 건반이 도의 소리를 낼 수 있도록 조율하는 것처럼. 그러므로 도인 당신과 미인 내가 한 음 높아지고 한 음 낮아져 레가 되는 것이 아니라, 당신은 당신의 소리로 빛나고 나는 나의 소리로 당신의 세계를 밝혀, 멜로디는 화음이 되고 화음은 노래가 되고 노래는 시가 되어주기를, 이렇게 우리 하나의 세계에 담겨, 어깨를 나란히 하고.

떨림처럼
빨리 지나가는 것들

저기 바다가 있고 저기 하늘이 있다. 간단하고 선명하다. 하루가 저물고 있고 해는 서쪽 하늘에서 서쪽 바다로 내려가고 있다. 규칙적이고 정확하다. 폐 가득히 공기를 들이마시고 소금기를 머금은 바람이 혈관을 타고 몸 구석구석으로 흘러 들어가는 모습을 상상한다.

살아가는 동안 삶은 계속된다는 것 외에 나는 아는 것이 없구나, 하고 생각한다. 뭔가를 알려고 하는 것, 세계를 속속들이 또한 정확하게 파악하려고 하는 것이 때로는 과욕이나 가식처럼 느껴질 때가 있다, 라는 생각이 뒤를 따른다. 이를테면 간단하고 선명하고 규칙적으로 움직이는 자연과 마주할 때, 두 손을 높이 들어 항복을 선언하고 그저 수동적으로 받아들이려는 노력이나 자세 같은 것, 그런 것이 아름답거나 타당하게 느껴지는 것이다.

여기까지 쓰고 나는 아름다움의 타당함에 대해 잠시 생각한다.

혹은 타당한 아름다움. 말이 되나? 하고 잠시 고개를 갸웃거린다. 하지만 설령 말이 안 된다고 해도, 세상에는 그런 것이 존재한다, 하고 생각한다. 그러고 나서, 존재해야만 한다, 하고 고쳐 쓴다.

읽고 있는 책에서 좋은 구절을 발견했다. 떨림처럼 빨리 지나가는 것들. 작가는 그 표현을 아무렇지도 않게, 지극히 평범한 일상에 대한 묘사 안에 슬쩍 끼워 넣었다. 하지만 나는 순간적으로 움찔, 하며 숨을 죽인 채, 순간적으로 지나가는 그 느낌을 붙잡으려 했다. 그리고, 순간이 지나갔다.

어쩌면 우리가 느낄 수 있는 것은 떨림 그 자체가 아니라 떨림이 지나간 후의 여운일지도 모르겠다, 하고 나는 생각한다. 누군가가 머물다가 떠나간 후 빈자리에 남아 이미 지나가버린 열정을 되돌아볼 때의 그 뒤늦은 떨림 혹은 떨림의 여운이야말로 우리가 진정으로 느낄 수 있는 것이 아닌가, 하는, 뒤늦은 자각이 마음을 흔든다.

어떤 면에서는 나쁘지 않아, 하고 나는 생각한다. 어쩌면 그 떨림의 여운이야말로 우리에게 무언가를 창조할 수 있게 하는 에너지일지도 모르겠다. 떨림의 중심에 있을 때, 나에게 정말로 일어난 일이 무엇인지 모를 때, 그래서 아무 말도 할 수 없고 누구에게 무엇을 물어야 할지도 알 수 없을 때는 그 짧은 순간을 느끼는 것만으로 이미 벅차다고. 마치 작은 돌멩이 하나를 집어 들어 물속으로 던졌을 때, 돌멩이가 물의 표면과 부딪치는 순간과 흡사하다고.

돌멩이는 곧 물속으로 가라앉지만 돌멩이가 닿았던 물의 표면에서 작은 물결이 일어나 점점 번져간다. 돌멩이는 이미 보이지 않지만 그것은 점점 번져가는 원의 중심축이고, 그래서 우리는 한때 그곳에 돌멩이가 떨어졌다는 것을 알고 있다. 물결의 원이 중심에서 멀어질수록, 원은 점점 커져간다. 어쩌면 원의 가장 바깥 선들은, 이미, 자신이 시작된 곳을 잊어버렸을 것이다.

그런 식으로, 하고 나는 생각한다. 바로 그런 식으로 우리는 떨림의 순간에서 떨어져 나와, 어리둥절한 채, 점점 큰 원을 그리며 번져가는 물결에 밀려, 다시는 되돌아갈 수 없는 중심을 그리워한다. 내가 이만큼 이쪽으로 밀려오는 동안, 당신은 저만큼 저쪽으로 밀려가는 중일 것이다. 그리고 돌멩이는, 최초의 돌멩이는 이미 바닥으로 가라앉았다. 마치 처음부터 어디에도 존재하지 않았다는 듯이.

그리고 마침내 물결도 가라앉는다. 어른어른, 물 위에 부질없이 새겨놓은 마음이나 혹은 마음 비슷한 것, 맹세까지는 아니라도, 그런 것을 남기고. 아무도 모르겠지만, 나의 생은 그런 것들로 이루어져 있다. 떨림처럼 빨리 지나가는 것들과 그들이 주고 간 여운, 혹은 망각. 삶은 계속되고, 살아가는 동안 아무것도 되풀이되지 않는다.

춤을 추듯이

아마 괜찮을 거라고 자신에게 이르며, 자리에서 일어서다가 약간 비틀거렸는데, 곧바로 균형을 잡고, 바람도 불지 않는데 이상하다고 생각하며, 그 사람이 있는 곳으로, 척추를 펴고 걸어간다. 아침에 뿌린 향수가 너무 진하지는 않은지, 블라우스의 단추를 하나 더 채워야 하는 건 아닌지, 지니고 있는 마음이 또렷하고 선명하여 들키지는 않을지, 그런 기우들이 스쳐 가고 고개가 갸웃해진다. 그 사람은 귀를 모으고 무슨 소리를 듣고 있다. 마침 괜찮은 음악이 떠올라 나는 손가락으로 몇 개의 음을 짚어본다. 손가락의 움직임이 손목을 거쳐 팔 안쪽과 목 언저리에 닿고, 다시 허리를 타고 내려와 무릎과 발가락에 이른다. 이것이 제대로 된 리듬인지 아닌지 따져볼 틈도 없이, 나는 그 사람의 시야에 들어선다.

그 사람은 두 손을 가볍게 테이블 위에 올려두고 방심한 듯한 미소를 짓고 있다. 어떤 생각이 그를 관통할 때는 둥근 미소를 짓

는 눈과 부드러운 한숨을 뱉는 입술이 동시에, 그러나 굳이 감출 일은 아니어서, 꽃이나 나무, 그런 것처럼 자연스럽게, 그렇게. 그 사람이 미소를 멈추기 전에 내가 미소를 짓는 일이라거나 그 사람의 한숨 끝에 나의 한숨을 가만히 포개놓는 일은, 배운 적도 없고 연습한 적도 없지만, 떠오른 음악이 마침 왈츠였기에 나는 4분의 3 박자를 놓치지 않으려고 애쓰며, 그 사람을 마주 본다. 그 사람이 과거와 현재와 미래를 걷는 속도, 그리고 보폭을 조심스럽게 측정하며, 언제, 어떻게 느려지는지, 왜, 무엇 때문에 빨라지는지, 몸과 마음으로 동시에 느끼고 반응한다. 풀이나 숲, 섬이나 바다, 그런 것처럼 자연스럽게, 말하자면 춤을 추듯이. 그 사람이 어디로 가는지를 이미, 미리, 벌써, 짐작하는 사이에 눈빛이 자꾸 깊어진다. 왈츠의 리듬처럼, 오른발, 왼발, 다시 오른발을, 왼발, 오른발, 다시 왼발을, 조금 절뚝거리는 것처럼 보여도, 아마 괜찮을 거라고, 그건 처음이라는 증거라고, 모든 처음은 그런 걸 거라고, 이르는 것이 나 자신인지 그 사람인지 모르게 될 때까지.

단순하고 아름다운

상대성이론, 양자역학, 또는 초끈이론 같은 것에 대한 지식을 흡수한다고 하여 세계나 우주를 이해하게 되리라는 기대를 하는 건 아니지만, '우주에 대한 이해가 깊어지면 전 우주를 지배하는 원리가 단순하고도 아름다운 형태로 그 모습을 드러낼 것이다'라는 아인슈타인의 믿음 안에는 뭔가 단순하고 아름다운 것이 있다. 단순하고 아름다운 본질에 대한 욕구가 내 속에 버젓이 존재한다는 것은 나 역시 우주의 일부라는 증거일지도 모른다.

쿼크나 뮤온처럼 입에 붙지 않은 단어들의 운율, 양성자와 중성자의 리듬 같은 것들이 묘하게 즐겁다. 존재인 동시에 개념인 것들. 이해할 수 없는 것들과 잊어버리는 것들은 이해할 수 없고 잊어버릴 수밖에 없는 세계를 확장시킨다. 세계의 대부분은 그런 것들로 이루어져 있다는 것을 알게 되면, 불필요한 비관이나 자격지심으로부터 자유로워질 수도 있겠다.

깊은 밤, 몇 겹으로 쌓아올린 지붕 아래에서, 자연은 비효율적으로 디자인되지 않았다는 아인슈타인의 신념을 생각한다. 깊이가 없다면 단순함도 없다는 명제는 모든 우주에서 통하는 진리라 할 수 있을까 고민한다. 내가 이해할 수 없었고 그래서 지워버린 기억 어딘가에 한 생명의 진심이 고여 있지는 않았나 돌아보며 경외에 사로잡힌다.

아침에 너는

아침에 너는, 어리둥절한 채로 일어나, 부스스한 영혼의 쓴맛을 훑는다. 밤새 무뎌진 과도로 사과를 깎고, 창을 열어 겨울을 받아들인다. 아침에 너는, 생의 가장자리에 묻은 얼룩을 닦아내고, 오래도록 소식이 없는 사람을 잠깐 떠올리다가, 이내 고개를 흔들어 상념을 쫓아낸다. 뜨거운 물을 주전자에 담아, 필터의 가장자리를 따라 조심스럽게 부어, 한 잔의 커피를 만든다. 아침에 너는, 세계의 엄격함에 절망하고, 더 이상 축소되거나 확대되지 않는 일상에 갇힌 기분을, 이를테면 답답하거나 안전한 기분을 점검한다. 하루를 버티기에는 희망보다 절망이 조금 많다고 생각한다. 아침에 너는, 무지하고, 그래서 근거 없는 확신에 사로잡힌다. 아무것도 후회하지 않는다던 어린 연인은 아직 침대 속에 있으므로, 발소리를 죽여 과거의 문을 연다. 아침에 너는, 가지런히 놓인 기억의 서랍을 뒤지고, 하나의 단서를 찾으려 하지만, 서랍 안에서 이미 뒤죽

박죽되어버린 기억들의 무질서함에 놀라, 도로 서랍을 닫고, 탕탕 못을 박는다. 그 소리에 놀란 어린 연인은 잠에서 깨어나, 아무것도 의심하지 않는 얼굴로 세계의 엄격함을 마주한다. 아침에 너는, 달걀을 깨뜨려 프라이팬에 넣고, 노른자가 터지지 않도록 집중하며, 그 외의 모든 것에 대해 방심하며, 갈색으로 변해가는 사과 한 쪽을 먹는다. 아침에 너는, 그 어디에도 속하지 않은 존재이지만, 곧게 내리비추는 태양으로 인해, 천천히 그러나 확실하게 굳어지고 냉담해져서, 비로소 자아를 버리고, 완벽한 타인이 된다.

무거운 혀

너는 낭패한 표정으로 나를 보며 무어라 변명이나 사과의 말 같은 것을 중얼거렸는데, 그 순간 묘하게도 너의 얼굴에 자부심 어린 미소가 스쳐 지나갔다. 너는 서둘러 미소를 거두었지만 나는 이미 돌이킬 수 있는 것이 아무것도 없다는 것을 깨달았고, 또한 내 마음 깊은 곳 어딘가에 돌이키는 것을 원하지 않는 딱딱하고 고집스러운 구석이 자리 잡고 있다는 것을 느꼈다. 드라마나 영화, 그런 데서 보던 것과는 사뭇 다르구나, 하고 나는 감탄했고 의외의 웃음이 떠올랐다. 예상치 못했던 나의 반응에 당황한 너는 반걸음 정도 다가와 가만히 허공을 움켜쥐고 있던 내 손에 살짝 손을 댔지만, 마음과는 달리 나는 황급히 그것을 물리치고 한 걸음 뒤로 물러섰다.

아찔한 태양의 빛이 너와 나 사이의 공간으로 파고들었고 그림자의 골이 점점 깊어졌는데, 동굴 같은 무늬와 선명한 햇살의 대비

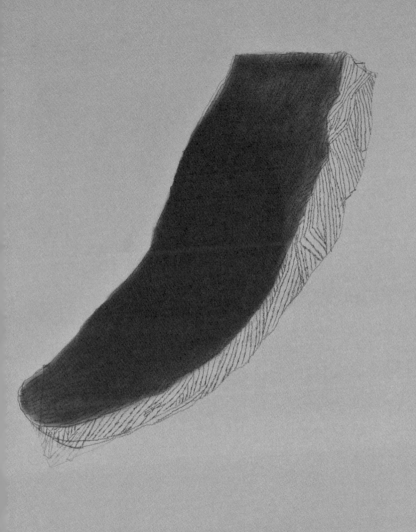

가 불현듯 내게 과거의 풍경 하나를 불러일으켰다. 그때, 아마도 타국의 언덕, 오래된 신전 앞 풀밭에서 무릎을 모으고 앉아 먼 하늘의 구름을 보고 있었던, 그날, 아마도 버터와 잼과 토스트와 베이컨과 토마토가 모조리 한 접시에 놓여 있던 아침의 식탁이나 '세상의 끝'이라는 이름의 카페에서 맛보았던 양파수프의 인상이 고스란히 남아 있던, 그리고 네가 아마도 다정한 이야기를 하며 미래에 대한 약속을 구하고자 했던. 그러나 나는 네가 쳐둔 바리케이드를 주의 깊게 빠져나갔고, 결국 아무 일도 일어나지 않았고, 우리는 어색한 미소를 주고받으며 해가 지기 전에 일어섰고, 그 모든 것은 나의 책임이었다.

나중에, 친구들은 너를 나쁜 사람이라고 했지만 나는 굳이 그런 건 아니라고, 벌써 예정되어 있었던 일이었다고 해명했다. 혼자 남겨질 용기가 없어 내가 망설이는 사이에, 너는 행동을 했을 뿐이라고. 그리고 나는 혼자 남겨져도 얼마든지 괜찮은 사람이라고.

이유는 묻지 않아도 알고 있었고, 네가 내게 등을 돌리고 손을 잡을 누군가가 누구인지 궁금하지도 않았다. 차라리 나는 기꺼이 가해자의 역할을 맡아준 너의 대담함에 박수라도 쳐주고 싶었다. 하지만 그건 오랜 시간을 함께 보낸 연인으로서의 예의가 아닐 것 같아, 그냥 고개만 조용히 끄덕였다. 너는 모든 것을 기억하겠다고 말했으나 나는 완벽한 끝을 원했으므로, 모든 말을 삼키고 몸을 돌려, 햇살이 한없는 거리를 걸어, 네게서 멀어졌다. 너의 사랑도 나의 사랑도 믿은 적 없으니, 나는 배신을 당한 것이 아니라는 말 정도는 해도 괜찮았을 거라고 생각하며. 하지 못한 말들이 무거운 혀끝에 매달려 돌처럼 단단해지고, 그 무게로 조금 휘청거렸지만, 걸을 수는 있었다. 멀어질 수는 있었다.

박제로 남은 신호들

그리고 문득 시작된 밤 속에서 맥락을 잃어버린 생각들이 떠올랐다 사라졌다. 켜졌다가 꺼지고, 꺼졌다가 켜지기를 반복하는 순간에 몇 가지 새로운 의미가 고이기 시작했을 때, 나는 기억의 물기를 털어내고 반듯하게 접어 어딘가 어두운 서랍 속에 넣어두기로 작정했다.

겨울이 막 시작되었다. 지난여름에는 모든 것이 명료했다. 품을 수 있는 희망과 버려야 할 갈망은 저울에 올려놓고 비교해볼 수 있을 만큼 분명한 무게와 질감을 갖고 있었다. 발뒤꿈치를 들고 가장자리를 걷는 일도 내게는 어렵지 않았다. 작별의 인사도, 그 후의 아릿한 고통도, 죽어가는 세포들 속에 각인된 낯선 촉감도, 서두르거나 질척거리지 않았다.

무엇보다 나는 솔직했다. 나 자신에게조차 그랬다. 뜻하지 않았던 최초의, 그 날것이었던 감정에 매달려 있을 때도, 점점 벼랑의 끝으로 밀려갈 때도, 발아래의 깊이를 가늠할 수 없는 검고 푸른 물을 외면하지 않았다. 한 잎의 나뭇잎처럼 가볍게 매달려 있으려 했지만, 여름이 끝나자 모든 것이 무거워졌다. 아니 어쩌면 거품이 사라지고 수분이 빠져나가 부주의한 손길 한 번에 바스락하고 부서질 때가 온 것인지도 모른다.

누군가의 심장에 손을 얹고 온도를 재어본 사람은 안다. 그 심장은 내 손의 온도에 의해 뜨거워지거나 차가워지는 것일 뿐, 원래의 온도를 측정하는 것은 불가능하다는 것을, 손을 대는 순간 알게 된다. 아무것도 변하지 않으면서 모든 것이 변한다. 의미와 무의미가 공존한다. 만약 세상의 모든 것이 중요하다면, 중요한 것은 아무것도 없을 것이다.

한때 살아 퍼덕였던, 이제는 박제로 남은 신호들을 들여다본다. 부드럽게 빛나던 눈동자 위로 눈발이 퍼붓는다. 그림자가 된 것은 나였나, 혹은 이미 희미해진 누군가의 발자국 소리였나. 차디찬 대기에 손바닥을 대고 남은 온기를 느끼려 안간힘을 모으는 밤, 나는 더 이상 빛과 어둠의 가장자리에 서 있지 않다는 것을, 가까스로 깨닫는다. 켜졌다가 꺼지고, 보였다가 안 보이고, 나타났다 사라지는, 무어라 부를 수 없는 이름이, 긴 꼬리를 끌고 유성우처럼 떨어진다.

뒷모습을 응시한다는 것

미래를 꿈꾼 적 없다면 거짓말이겠으나 그것이 알록달록할 필요는 없다고 생각했다. 온 세상에 언제나 환한 불이 켜져 있기를 바란 것도 아니었다. 그러나 가난하고 고집 센 나날들 속에서 유난히 반짝이던 하나의 빛이 꺼지는 순간, 한숨 같은 마지막 호흡을 내뱉으며 미래의 한 부분이 죽어버린다. 이를테면 한 사람의 뒷모습을 지극한 눈으로 응시할 때. 그의 검은 그림자가 날카로운 칼날이 되어 지나간 시간을 부검할 때.

약속은 없다. 그것을 지켜낼 사람이 멀어지고 있으므로. 둥글고 창백한 달이 뜨던 날에 우리는 얼마나 가까웠는지. 마치 손을 뻗으면 잡을 수도 있을 것처럼. 달빛의 거룩한 흔적이 어디에서나 밟혔고, 나는 파도처럼 밀려오는 갈증 때문에 자꾸만 입술을 축였다. 어떤 노래가 떠올랐으나 굳이 부를 이유는 없었다. 말을 하거나 손짓을 할 필요도 없었다. 우리가 꿈을 꾸는 방식은 얼마나 흡사했는지. 마치 기적이 일어난 것처럼.

그리고 모든 놀랍고 아름다운 일 다음에, 슬픔이 밀물처럼 밀려온다. 창백하고 둥근 달이 바다를 끌어당기듯. 성실하고 거친 중력이 좀 더 무거워진 피와 살을 끌어당기듯. 심장에 손을 얹어보지 않아도, 알 수 있다. 지나칠 만큼 오래도록 한 사람의 뒷모습을 응시한다는 건 세상의 빛 하나가 꺼진다는 것. 그리고 내 앞에는 미래의 주검이 놓여 있다.

그의 마지막 문장

　근사한 일이 일어날 것 같은 조짐이나 예감은 없었으므로, 나는 방심한 채 비스듬한 시선으로 사람과 풍경 사이의 어디쯤을 무심하게 보고 있었다. 어떤 식으로든 나를 자극해준다면 짧은 글 한 편은 쓸 수도 있을 텐데, 같은 건방진 생각이 없었다고 말할 수는 없다. 하지만 대체로 그때 내 안에 있던 것은 냉정하리만치 순진한 호기심이었다.

　당신의 시선은 나를 향해 있었으나 눈길이 부딪치려는 순간마다 묘하게 어긋났다. 그것이 무엇이든 들키지 않으려는 의도가 당신에게 있었는데, 그 의도가 내게 중력으로 작용했다는 것이 문제였다. 나는 얼굴을 반쯤 가리고 있던 머리카락을 쓸어 올리다가 가방을 뒤져 머리핀을 찾았는데 그 행동은 이미 무관심을 가장하기 위한 것이었다. 그런 사실을 당신이 모를 리 없었다.

　사랑의 이름으로 모든 바보 같은, 심지어 사랑이 아닌 짓들까지도 용서받았던 시절이 있었다. 이제는 아니다. 그러나 심장이 비정상적으로 뛰게 되면 뭔가가 과해지고 뭔가가 모자란다. 말을 아껴야 할 때 너무 많은 말들을 해버린다거나, 손을 거두어야 할 때 옷깃을 붙잡는다거나. 그런 식으로 한 번 템포가 뒤틀리면 돌이킬 수 없다는 것을 잘 알고 있으면서도, 저항하는 것에 익숙하지 않은 나는, 결국 토끼처럼 귀를 기울이고 당신을 들었다. 당신이 감추고 있는 것들이 출렁이다 문득 수면 위로 솟아오르는 찰나를 낚아채기 위해. 마치 캄캄한 밤의 끝에서 동그란 해가 솟아올라 모든 세계를 환하고 투명하게 밝히듯이.

당신은 여러 가지 이야기를 했지만 아무것도 이야기하지 않았다. 당신의 움직임, 손의 동작과 시선의 방향에는 아무런 의미도 없었다. 당신은 감정을 다루는 데 익숙하지만, 감정에 대해 책임을 지는 사람이 아니었다. 당신과 나 사이의 가로 놓인 공백 안으로 치밀한 빗소리가 파고들었다. 아마도 당신은 아무것도 잃어버리지 않고 제자리로 돌아가리라. 모든 결론을 유보하고, 어떤 결정도 내리지 않고. 세상의 모든 로맨스는 로맨티스트에 의해 창조될지 몰라도, 로맨티스트는 로맨스를 위해 희생하지 않는다.

그리하여 당신이 최초에 의도한 네모반듯한 풍경 하나가, 액자에 담긴 그림처럼 내게 남았다. 프레임 바깥은 신경 쓰지 마. 너의 몫이 아니니까. 갈피 없는 나의 말에 마침표를 찍었던, 그의 마지막 문장을 나는 그렇게 기억한다.

외투

외투 같은 삶을 껴입고 그는 걸어간다. 사치스럽지는 않아도 불편하지 않은 삶이다. 충분히 감당할 수 있으며 불안할 것도 없으니, 호들갑을 떨 일은 없다고 그는 생각한다. 처음부터 몸에 잘 맞지는 않았으나, 오랜 세월을 지나오면서 몇 번쯤 수선도 했다. 틀어진 솔기를 꿰매고 구멍 난 곳을 메우고 색이 바랜 곳에는 덧칠을 했다. 누구도 알아차리지 못할 정도로, 감쪽같이. 갓 태어난 새순처럼 보드랍던 깃털들은 나날이 무성해져서, 겨울의 북풍 정도는 두렵지 않게 되었다. 시간이 만들어낸 장막 같은 나이테 안쪽에는, 마음을 간질이던 어린 기억들이 아직도 머물고 있으나, 필요 없다. 삶이란 어차피 기다리는 것을 가져다주진 않는다.

믿을 수 없을 정도로 벅찬 선물들이 있었고, 불길 같은 슬픔에 홀로 잠겨 영원히 눈 뜨지 않기를 바랐던 날들이 있었다. 누구도 삶의 안쪽을 다 들여다볼 수는 없겠지만, 어차피 원하는 바도 아니었다. 마침내 평화로워졌다고 그는 생각한다. 종종걸음으로 서두르며 어딘가로 가야 하는 일, 자꾸만 태양을 바라보며 시간을 가늠하는 일, 생각의 모래성을 쌓고 그것을 허물어뜨리는 일 같은 것, 이를테면 삶의 헛수고에서 벗어나는 데 이토록 긴 시간이 걸렸다는 것이, 때로 영영 풀지 못할 수수께끼처럼 여겨진다.

필요한 대가는 모두 치렀다고, 그는 생각한다. 이른 봄의 기척에 몸을 떨며 흔들리는 꽃들의 가여운 저항, 차가운 바람에 맞서 죽은 가지로 물을 끌어올리는 나무들의 당돌한 희망의 목격자로 살아남았으니, 삶과의 계산은 모두 끝난 셈이라고. 봄의 빛이 그의 외투 위에 내려앉아 나른하고 무심하게 그러나 또렷한 목소리로 또 다른 시작을 노래할 때, 그는 삶의 옷깃을 높이 올리고 걸어간다. 마치 새가 아닌 것처럼.

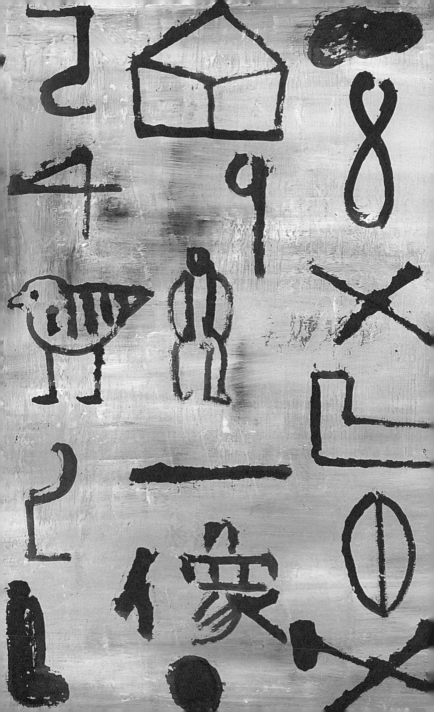

덧

    액자의 유리가 깨어졌다. 떨어뜨린 것도 아니고 뭔가에 부딪친 것도 아닌데, 아, 이제 이 그림은 그만 걸어둬야겠어, 하고 생각하며 액자를 내리는 순간, 쩍 하고 유리가 갈라졌다. 그 갈라짐이, 액자의 마지막 인사가, 참 당신답다, 싶어 당신을 떠올리지 않을 수가 없었다.

    그때 나는 당신의 강함과 약함, 웅변과 침묵, 거침과 부드러움, 그리고 그 사이를 무수하게 오가던 변덕 같은 것들의 흐름에 저항 없이 실려 갈 수 있을 만큼 튼튼했다. 혹은 이렇게 말해도 좋다. 그때 당신은 나의 완고함과 흔들림, 넘침과 부족함, 진실과 거짓, 그리고 그 사이를 무수하게 오가던 망설임 같은 것들을 읽어낼 수 있을 만큼 영민했다. 당신과 내가 서로에 대해 입을 다물었던 시간이 켜켜이 쌓여가고, 그날들의 풍경이 의미를 잃었으니, 이제 당신은 당신 좋을 대로, 나는 나 좋을 대로 기억을 저장

하거나 잃어버리면 그만이겠으나. 아무래도 상관은 없겠으나.

　깨어진 유리조각을 부주의하게 거두고 나서, 몇 군데 생채기가 났음을 뒤늦게 깨달았다. 함부로 마구 다치고, 그 '다침'에 대해 주의를 기울이지 않는 사람. 당신이 기억하는 혹은 기억했던 내가 그런 누명을 썼다 해도 불만은 없다. 하지만 액자는 내가 간직하고 있었던 당신의 마지막 선물이었다. 그러니 특별할 것 없는 날의 특별할 것 없는 그 선물에 대해, 조금쯤 튼튼했어도 괜찮지 않았을까, 하는 불평 정도는 해도 괜찮겠지. 나를 읽으려 했던 당신과, 당신을 쓰려 했던 나는, 어쩌면 서로의 덫 같은 것이었을지도 모르겠다고, 한마디쯤 덧붙여도 괜찮겠지. 더 이상 덧댈 것도 덧날 것도 없는 덧없음, 어느덧 지나간 그 짧은 순간에 대해.

문신

차가운 물을 가득 받은 욕조 안에 몸을 담그듯 슬픔에 몸을 담근다. 투명한 물방울이 닿는 피부의 세포 하나하나가 소스라치고, 비명을 지르듯 거품 같은 순간들이 튀어 오르지만, 나는 저항하지 않는다. 영혼에 새겨진 간결한 씨앗 하나가 발아한다. 남은 열기를 품고 씨앗이 싹을 틔우고 꽃을 피우는 사이, 세계는 꼼꼼한 침묵으로 무장한 채 힘차고 섬세한 선을 긋는다. 나는 그 소리를 고스란히 다 듣는다.

문신을 새기는 사람이 말했다. 무엇이든 오래 지속되는 것을 갖기 위해서는 오랜 시간이 필요하다고. 그러나 나에게는 오랜 시간을 바쳐 오래 간직하고 싶은 무엇이 없었다. 아니, 분명히 있을 것 같은데 그것이 무엇인지 몰랐다. 문신을 새기는 사람의 입장에서는 곤란한 일이었다. 하지만 그는 쉽게 실망하지 않았다. 발톱이 없는 새라거나 비늘이 아름다운 물고기의 도안을 곰곰이 들여다보던 내가 자신 없는 얼굴로 고개를 흔들면, 그는 그저 차를 끓였다. 인내심이 강한 사람이었다.

영원에 대한 공포를 이겨내지 못하면 문신 같은 건 가질 수 없을 거라고, 그는 타이르듯 말했다. 이 세상 대부분의 사람들은 그렇게 살아간다고, 영원을 감당할 필요는 없는 거라고, 그는 위로하듯 말했다. 나는 일생을 영원으로부터 도망치고 있는 것 같다는 기분이 그때 들었다. 뭐가 어떻게 되는지 두고 보자는 심정으로, 나는 씨앗 하나를 받아 왔다. 하나의 푸른 점을 둘러싸고 푸른 멍 같은 자국들이 번져갔다.

아름다운 순간이 지나간 후, 푸른 물처럼 깊고 차가운 슬픔에 몸을 담그면, 씨앗은 싹을 틔울 거라고, 문신을 새기는 사람은 말했다. 가능하면 슬픔을 오래 지속시키는 것이, 그렇게 하여 긴 시간을 들여 싹을 틔우게 하는 것이, 아름다운 문신을 얻는 방법이라고. 아름다운 순간이 지나간 후 슬픔에 잠겨 있을 용기가 없다고, 나는 고백했다. 그는 희미하게 미소를 지으며 조용히 일깨워주었다. 모든 아름다운 것들은 슬픔을 동반한다는 것을 이미 알고 있다면, 어떤 아름다움은 그 슬픔을 지속시킬 용기 또한 지니고 있다는 것도 잘 알고 있을 거라고.

내가 슬픔 안에 나를 가두고, 새의 날개 혹은 물고기의 아가미를 닮은 꽃잎이 하나씩 열리는 것을 지켜보고 있는 동안, 창밖에서는 온통 눈발이 흩날렸다. 지독하게 흐려진 세계 안에서, 나는 당신이 봄을 가지고 오는 모습을 보았다. 이상한 일이었다. 단 한 번도 봄을 믿은 적이 없었는데. 어리둥절한 나를 간질이듯 꽃의 문신에서 따뜻한 열기가 번져 나오고 봄의 체취가 대기에 스며들었다.

지속이란 움직이지 않는 것이 아니라 끝없이 변화하는 것이라는 사실을 그때 알았다. 영원이란 변하지 않는 것이 아니라 초월하고 또 초월하며 끝없이 이어지는 것이라는 사실을 겨우 알았다. 왔다가 가는 봄이 영원이며 피었다 지는 것이 영원이며 그리하여 사랑이 영원이라는 사실을 그제야 알았다. 수십 번의 봄을 덧없이 맞고 보낸 후, 어쩌다 당신을 만나, 비로소, 어쩌면 마지못해.

소리를 알아주는 것

"이것이 무슨 소리인지 아시겠습니까?"

거문고를 뜯으며, 백아가 물었다.

"웅장한 산의 모습과 흐르는 물의 우렁찬 소리가 아닙니까?"

나무를 하던 종자기가 대답했다.

"당신은 진정 소리를 아는 사람이군요."

백아가 말했다.

종자기를 만나기 전에는, 백아 혼자 거문고를 뜯었겠지. 거문
고의 현을 타고 흘러나와 허공에 잠시 존재했다가 사라지는 음
하나하나를 귀로 듣고 마음으로 끌어안으며, 굳이 그것을 알아주
는 이가 없었어도 족했을 거야. 행여 지나가는 사람이 있어 산의
모습을 바다로 보고 물의 소리를 쇠의 소리로 듣는다 해도, 제 흥
에 겨운 백아에게 무슨 서운할 일이 있었을까.

하지만 어느 날 백아는 자신의 소리를 알아주는 사람을 만나버렸다.

쓸쓸하고도 신비로운 기운이 사람의 영혼을 홀리는 가을의 밤이었다. 하늘에는 노랗게 익은 둥근 달이 휘영청 떠 있었다. 오랜만에 찾은 고향이었다. 백아의 손가락과 거문고의 현이 서로를 탐닉하고 애무했다. 나무 뒤였을까, 문설주 뒤였을까, 모습을 감추고 그를 훔쳐보며 소리를 엿들은 사람은 젊은 나무꾼이었다.

백아는 그를 지음이라 불렀다. 알 지(知), 소리 음(音). 백아에게 있어 거문고 소리는 곧 자신의 마음이었으니, 내 마음을 알아주는 친구, 그러니까 마음의 친구는 어쩌면 타인이 아니라 또 하나의 자아일 수도 있겠다. 소리를 내는 이와 소리를 아는 이 사이에서, 물결이 일렁이듯 선율이 일렁이고 달빛이 흐르듯 마음이 흘렀으리라. 팽팽하게 조율된 현들은 당겨지고 풀어지며 꽃잎의 전율과 씨앗의 관능을 도발했으리라. 그리고 모든 것이 흩어진다. 고요히, 그러나 재빠르게.

"내년 이맘때, 고향을 다시 찾을 것이오. 그때 만납시다."

종자기와 의형제를 맺은 백아는, 일 년 후의 약속으로 작별의 말을 대신한다. 약속은 지켜지지 않았다. 이생에 작별을 고한 종자기의 무덤 앞에서, 백아는 천근만근 무거운 거문고를 무겁게 뜯었다. 마지막 곡이 끝나자, 백아는 명주실을 꼬아 만든 여섯 현을 뜯어내고 오동나무와 밤나무로 지은 울림통을 산산조각 냈다.

백아절현(伯牙絶絃), 백아가 거문고의 현을 끊은 그날 이후, 누구도 백아의 거문고 소리를 듣지 못했다.

사랑하는 아내 에우리디케를 잃은 후 잠시도 리라를 놓지 않았던, 오로지 리라의 현에 자신의 생을 매달고 있었던 오르페우스의 슬픔은 끊어질 듯 끊어지지 않는 애틋하고 절절한 것이었다. 사랑하는 벗을 잃은 백아의 슬픔은 단호하고 격렬하다. 그러나 그 둘을 저울에 달아보는 일은 무의미할 것이다. 굳이 그랬어야 했을까, 저랬으면 어땠을까, 나라면 이랬을까, 저랬을까, 그 모든 가정들과 선택할 수 없는 선택들도 부질없다. 이미 일어난 일을 어찌할 수 없음을, 이미 만나버린 사람을 어찌할 수 없음을, 이미 알아버린 소리를 어찌할 수 없음을, 어쩔 수 없으니.

문은 그저 문으로

그때 그곳에 문이 하나 있었다. 그 문 뒤에 사람이 서 있었다. 사람이 문을 열어줄 작정이었는지 혹은 그저 문밖의 기척에 귀를 기울이고 있었는지 나는 모른다. 다만 사람은 내가 문 앞에 서 있다는 사실을 알고 있었다. 문이 열리면 들어설 작정이었는지 혹은 그저 문 앞에서 사람의 기척에 귀를 기울이는 걸로 족했는지, 나 역시 알 수가 없다. 다만 나는 사람이 문 뒤에 서 있다는 사실을 알고 있었다. 간혹 둘 중 하나가 노래를 부르고 다른 하나가 고요히 들은 적도 있었다. 어쩌다 둘 중 하나가 눈물을 삼키고 다른 하나가 침묵으로 위로한 적도 있었다. 그런 날들이었다. 그렇게 지나간 날들이었다. 사람과 내가 그런 방식으로 공존하던 날들이 문 위에 새겨지고, 대기는 암호와 난수표로 채워지고, 세계는 점점 낯설어지는 동안, 꽃들이 서둘러 피었다 지고 강물이 성급하게 방향을 바꾸었다. 그리고 예기치 않은 공백이 문의 틈 사

이를 치밀하게 메웠다. 둘 중 하나는 말을 할 수 없었고 다른 하나는 들을 수 없었다. 둘 중 하나는 피로해졌고 다른 하나는 무의미해졌다. 나는 열부터 거꾸로 숫자를 세고 문 앞을 떠났다. 사람은 영부터 차례로 열까지 세고 문 뒤를 떠났다. 그때 그곳에 두드리지 않았던, 혹은 열어주지 않았던 문이 하나 있었다. 그래서 문은, 그저 문으로 남았다.

진눈깨비

창을 열자 반쯤 얼어붙은 물의 결정들이 온통 달려듭니다. 조금 더 차가웠다면 새하얀 눈송이였을 것을, 조금 덜 차가웠다면 투명한 빗방울이었을 것을, 이것도 저것도 되지 못한 채 망연한 망설임으로 길을 잃은 것들입니다. 세상은 이렇게 되지 못한 것 투성이입니다. 내가 여태 당신의 꽃도 열매도 되지 못한 것처럼.

나는 진눈깨비의 움직임을 봅니다. 위에서 아래로, 아래에서 위로, 왼쪽에서 오른쪽으로, 오른쪽에서 왼쪽으로, 직선으로 또 곡선으로, 소용돌이로 다시 휘감김으로, 태어나 죽을 때까지 흔들리다 마침내 땅에 닿는 것들입니다. 밝지도 어둡지도 않은 명도와 높지도 낮지도 않은 채도의 흔들림 사이로, 세상이 나타났다 사라집니다. 진눈깨비가 간섭하는 이 세계는 온통 망설임입니다. 나는 그것이 싫지 않습니다. 이런 날은 흔들림도 망설임도 불투명함도 딱히 고통이 되진 않습니다. 고통이라는 단어가 너무

과하다면, 그저 일상의 파편 또는 얼룩이라 해도 좋겠습니다. 진눈깨비가 움직이듯 움직이고, 진눈깨비가 소멸하듯 소멸하는 얼룩입니다. 그리고 그 얼룩들은 더 작은 얼룩들로 조각납니다.

언제부턴가 나는 조각나는 것들의 섬세한 결을 응시하게 되었습니다. 단단히 벼려진 끌을 결과 결 사이에 밀어 넣어 그들을 갈라지게 하는 힘을 생각합니다. 만약 처음부터 갈라짐을 위한 결들을 가지고 있었다면, 그 갈라짐에 대한 저항은 무의미하겠지요. 그렇다고 해도, 갈라진 모든 것들은 그리움을 원죄처럼 품어야 합니다. 그리고 모든 그리움에는 독성이 있습니다.

천천히, 아주 천천히, 나는 그리움에 중독이 됩니다. 독성이 있는 모든 것은 중독성을 지니고 있으니까요. 결을 따라 조각난 얼룩 하나하나에, 무채색의 두려움이 입니다. 공허하면서도 애틋한, 색채이면서 색채 아닌 것들이 숨을 멈추고, 보십시오, 어느새 진눈깨비, 다 흩어졌습니다. 무심한 마음이 다정한 심장에 닿아 차갑고 또 따스한 물방울로 맺혔던 기억을 거두고, 나는 창을 닫습니다. 하지만 이미 나의 공간으로 들어와버린 무엇을, 나는 어찌할 수 없을 것입니다.

안부를 묻기가 두렵습니다.

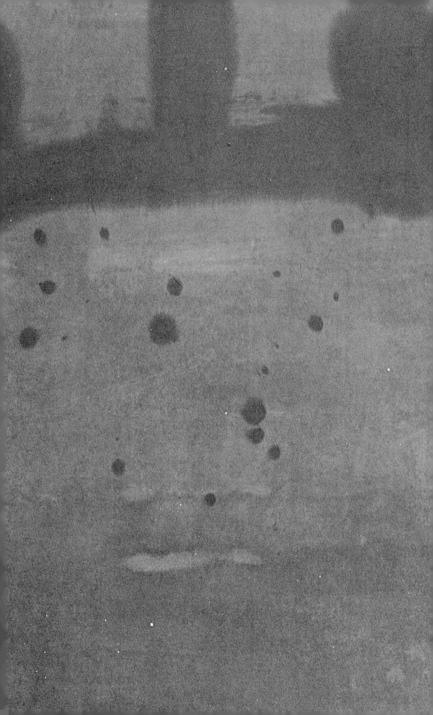

가
령

'가(假)'의 집은 언덕 위에 있어 사시사철 바람이 분다. 올라가는 길은 경사가 가팔라서 발판을 내고 난간을 만들어두었다. 좀처럼 밖으로 나오는 일이 없는 '가'를 둘러싸고 소문이 무성하다. 바싹 마르고 허리가 굽은 조그마한 노인이라더라, 얼굴이 어찌나 추한지 한 번 보면 잊을 수가 없다더라, 왼쪽 눈동자와 오른쪽 눈동자의 색깔이 다르다더라, 아니다, 훤칠하고 잘생긴 청년이라더라, 미소를 지을 때 왼쪽 뺨에 보조개가 생긴다더라, 콘트라베이스처럼 깊고 울림 있는 목소리로 사람을 홀린다더라, 같은 이야기가 끝도 없었다. 그중에서 사람들이 가장 좋아하는 이야기는, '가'가 아름답고 너그러운 거대한 거인이라는 것이다. 길을 잃은 나그네나 배가 고픈 아이가 가파른 길을 따라 힘겹게 올라가면, '가'는 기꺼이 그들을 맞이하여 환대를 베푼다고 했다. 하지만 그런 소문을 확인하기 위해 그 집을 찾아갈 만큼 용감한 사람은, 지금까지, 없었다.

'령(令)'은 그런 소문들을 그냥 넘길 수가 없다. 그에게는 마을의 치안을 책임지고 민심을 평정할 의무가 있다. 그의 아버지, 아버지의 아버지, 그 아버지의 아버지가 해오던 일이었다. 대대로 지켜오던 명예와 명성은 자신을 거쳐 아들에게로, 아들의 아들에게로, 그 아들의 아들에게로 이어져야 한다. 주민 한 사람 한 사람을 머리끝부터 발끝까지 파악하고 그들의 미래를 간섭하지 않으면 불가능한 일이다. 높은 언덕 위에 집을 짓고 혼자 살아가는, 정체를 알 수 없는 존재가 그의 단단한 인생을 위협하는 일이 일어나서는 안 된다.

십일월의 어느 쌀쌀한 날, '령'은 '가'를 찾아간다. 언덕 위로 향하는 길에 접어들 때 스산한 바람이 불어오더니 칼날 같은 빗줄기가 떨어지기 시작한다. 미처 우산을 챙겨 오지 못한 '령'은 옷깃을 여미며 걸음을 재촉한다. 물기가 스며든 발판을 하나씩 디디며 미끄러지지 않기 위해 난간을 움켜잡는다. 물에서 금방 건져낸 사람처럼 흐물흐물 젖은 채 '령'은 가까스로 집 앞에 도착한다. 초인종을 누르자 현관 저편에 그림자가 어른거린다. 그림자는 누구냐고 묻지도 않고 벌컥 문을 연다.

"어서 오세요."

하얗고 커다랗고 깨끗한 수건을 품에 안고 '가'는 인사를 건넨다. '령'은 머리카락을 타고 흘러내리는 빗물을 손으로 닦아내며 눈을 크게 뜨고 '가'를 본다. 무언가를 묻는 듯한 눈동자와 무언가를 말하려는 입술, 희고 긴 손가락과 가지런한 다리, 부드러운 허리선과 그녀의 봉긋한 가슴을 부끄러운 줄도 모르고 뜯어본다.

"시간을 잘 맞추셨네요. 지금 막 차를 끓였거든요. 아마 오븐에 넣어둔 빵도…"

따릉, 하는 경쾌한 소리가 '가'의 등 뒤에서 들린다. 수건을 '령'에게 건네고 '가'는 안으로 뛰어 들어간다. 곧, 갓 구워낸 빵의 고소한 향이 '령'의 코끝으로 달려온다.

규칙을 좋아하는 '령'과 상식을 싫어하는 '가'는 낮은 탁자를 사이에 두고 마주 앉아 차를 마시고 빵을 먹는다. 언제라도, 누구에게나, 무슨 일이든 일어날 수 있다. 가령, 이를테면, 만약에, 마음을 굳게 먹고 누가 누군가를 찾아간다면.

간
섭

　날이 갈수록 말수가 적어지는 애인과 헤어져, 너는 집으로 돌아온다. 금요일이고, 자정이 지난 깊은 밤이다. 그녀는 초저녁부터 하품을 했지만, 너는 무시했다. 결국 초밥을 먹고 나와, 길거리에서 말다툼을 했다. 너는 그녀가 초밥을 남겼다고 불평했고, 그녀는 그게 왜 불평할 일이냐고 맞받아쳤다. 그대로 돌아가고 싶어 하는 그녀의 팔을 끌고, 너는 카페로 들어갔다. 네가 맥주를 고르고 있는 사이, 그녀는 항의라도 하듯 두 잔의 커피를 주문했다. 웨이터는 지나치게 친절했고, 심지어 그녀를 향해 미소까지 지어 보였다.

　커피는 탄 맛이 났고 미지근했다. 딱히 큰 소리로 말한 것도 아니었는데, 눈치 빠른 웨이터가 다가와 다시 끓여 오겠다며 네가 마시던 잔을 가지고 갔다. 그녀는 꼭 다문 입매에 경멸을 떠올렸고 너는 점점 더 화가 났다. 뜨겁고 향기로운 두 번째 커피를 물리고 맥주를 시킨 건 그 때문이었다. 너는 침묵이 싫었고, 그녀에게 입

을 열 기회를 주는 건 더 싫었다. 별 관심도 없는 프로야구, 좋아하지도 않는 연예인의 스캔들, 자세한 내막도 모르는 비리 사건 등에 대해 쉴 새 없이 떠들며 너는 다섯 병의 맥주를 혼자 비웠다. 열한 시가 넘자 그녀는 노골적으로 하품을 하며 시계를 들여다보았다. 네가 카드로 계산을 하고 있을 때, 그녀는 카페 앞에 서 있던 빈 택시를 향해 걸어갔다. 그녀가 택시의 문을 열고, 몸을 반쯤 돌린 채로 가볍게 손을 흔들고, 쾅 소리를 내며 문을 닫을 때까지, 너는 돌려받은 카드를 손에 쥐고 멍하니 보고만 있었다. 씩씩하게 달려가는 택시의 꽁무니에서 붉은 불빛이 뻗어와 너의 얼굴에 그림자를 만들었으나, 곧 사라졌다.

토요일과 일요일에, 너는 물을 잔뜩 머금은 솜처럼 무기력하고 무능력하다. 그녀의 전화를 받지 않겠다던 너의 계획은, 그녀가 전화를 하지 않음으로써 어긋난다. 한때 애정의 표현이었던 것들이 어째서 소심한 의심으로 변해갔는지, 너는 이해할 수가 없다. 처음 만날 때부터 그녀는 달랐고, 그 다름이 너의 마음을 뒤흔들었다. 그녀의 움직임에는 솔직함과 당당함이 있었다. 그러면서도 비밀을 감추고 있는 사람처럼 은밀했다. 그 은밀함은 너의 응시로 자꾸만 깊어졌고, 자꾸만 너를 끌어당겼다. 너는 바싹 마른 들개처럼 그녀를 구하고, 그녀의 삶에 간여했다. 너는 그녀에게로 기울어졌고 그녀는 너를 버거워했다.

그녀가 마음을 걷어 간 자리에 물길이 생기고, 세찬 물결이 너의 발목을 휘감는다. 비로소 너는 네가 깊은 물속에 **빠져버렸음을** 깨닫는다. 중심을 잃은 너는 더 이상 그 강을 건널 수 없다. 거닐고, 지나치고, 떠나는 일, 그리하여 어딘가 넓은 나루에 이르는 일은 불가능해졌다. 범할 간(干)이 건널 섭(涉)을 뛰어넘어버렸다.

월요일 새벽에, 너는 침대에서 몸을 뒤척이며 희미하게 신음한다. 멀리서 벌레 우는 소리가 들리고, 해는 영영 떠오르지 않을 것 같다. 지나가는 건 아무것도 없다고, 너는 생각한다. 네 생각이 틀렸다고 이야기해줄 그녀는 이제 없으므로, 지나가는 것이 아무것도 없는 세계 안에, 너는 영원히 갇힌다.

運壽卯

운명

　책으로 가득 찬 상자를 내려놓고 여자는 이마에 흐르는 땀을 닦는다. 좁은 골목에 대놓은 일 톤짜리 트럭은 이미 짐으로 가득 찼다. 일꾼은 낡은 담요로 전신거울을 싸고 있다.

　너무 무거운 건 들지 말라고 트럭 기사가 만류했지만 여자는 몇 번이나 계단을 오르내리며 기어이 상자들을 날랐다. 그 공간, 한때 여자의 집이었던, 그리고 남자가 수시로 드나들던 공간에서 하나하나 짐을 들어낼 때마다, 기억의 조각들이 떨어져갔다. 아픔이 없다면 거짓말이지만 여자에게는 그런 행위가 필요했다.

　기사와 일꾼이 침대를 들고 나가고, 여자는 창문 앞에 늘어선 화분들을 하나씩 상자에 넣는다. 그때 섬광처럼 시간의 탄식이 터져 나온 건, 여자가 예상하지 못한 일이다. 탄식은 그들의 처음을 일일이 두드리고 불러낸다. 처음이었던 망설임, 처음이었던 확신, 처음이었던 키스, 처음이었던 오해, 그리고 처음이었던 이별. 그들은 서로에게 단단히 맞물려 있다고 믿었지만, 반짝이는 행복을 발견한 불행은 그들의 뒤를 집요하게 따라왔다. 어쩌면 그냥 운이 없었던 건지도 모른다. 남자는 잘못된 장소에 있었고 잘못된 사람을 만났을 뿐인지도. 그 일이 있고 난 후 여자는 그 집을 한순간도 참을 수 없었다. 집 앞에는 남자가 여자를 처음으로 바래다주었던 그날이 여전히 머물러 있고, 여자가 오지 않는 남자를 기다리던 그날이 여전히 그림자를 드리우고 있다.

창문을 잡고 있는 여자의 손 위로 후드득 빗방울이 떨어진다. 여자는 화분들을 집어넣은 상자를 들고 밖으로 나온다. 문 하나를 닫으면 다른 인생을 살 수 있다고 생각할 나이는 지났다. 그래도 어떤 시간과 공간으로부터 옮겨가야 할 때가 있다. 옮길 운, 목숨 명. 여자는 상자를 옮긴다. 상자처럼 무거운 목숨을 옮긴다.

기억

　일흔다섯 번째 생일 저녁에, 그는 서가 한쪽에 가지런히 꽂혀 있는 일기장들을 하나씩 꺼내어, 묵직한 마호가니 책상 위에 쌓는다. 그의 열다섯 번째 생일날, 이웃집 소녀에게 첫 번째 일기장을 선물로 받았다. 그날부터 바로 전날까지, 그는 매일 밤 하루도 빠짐없이 일기를 써왔다.

　그의 삶은 평화롭고 안전했으므로, 기록되는 것은 평범하고 지루한 이야기들이었다. 그래도 일 년의 마지막 날, 삼백육십다섯 개 혹은 삼백육십여섯 개의 일상으로 빼곡하게 채워진 또 한 권의 일기장을 서가에 꽂는 기분은 썩 괜찮았다. 한때 이웃집 소녀였던 그의 아내는 신기해하고 궁금해했지만, 손 한 번 대보지 못하고 삼년 전 세상을 떠났다. 일기장은 오랜 결혼생활 동안 그가 지켜온 유일한 성역이었다.

　아내가 알면 곤란해지는 비밀이 있었던 건 아니었다. 그는 모험

을 싫어하고 거짓말을 할 줄 모르는 사람이다. 아내도 그 사실을
잘 알고 있었다.

_ 쓸 얘기가 뭐가 있어요? 도대체 신기해.

검버섯이 핀 손으로 잔을 들어 한 모금의 와인을 마시는 그의
귓가에 아내의 목소리가 들린다. 자신도 알 수 없는 일이다. 그날
까지, 지난 일기장을 들춰본 적이 없다. 이미 아는 이야기인데, 굳
이 그럴 일은 없다고 생각해왔다. 돌아보지 않아도 자신의 인생 정
도는 다 기억하고 있다고. 하지만 어느 순간부터, 살아온 길이 흐
려졌다. 닦아도 닦아도 김이 서리는 유리창 너머에서 일면식도 없
는 타인을 보는 것처럼, 무관하고 무의미해졌다.

그는 유리병을 열어 사과잼을 한 스푼 덜어낸다. 아내는 해마
다 사과잼을 열두 병씩 담갔는데, 이제 겨우 두 병만 남았다. 말린
무화과에 사과잼을 얹어 한입 베어 물며, 그는 노트 표면에 자신
이 쓴 '日記帳(일기장)'이라는 글자를 들여다본다. 기록할 기(記)는
말씀 언(言)과 몸 기(己)가 합해진 것이다. 구불거리는 끈의 모양을
본뜬 '己'에는 굽은 것을 바로잡다, 흩어진 것을 정리하다는 의미
가 담겨 있다. 그것이 '말'을 만나 – 이 경우에는 글이라고 해야겠
지만 – 기록하다, 암송하다, 기억하다는 뜻이 된다. 구불거리는 생
의 표식이 되고 인장이 된다. 오늘은 새 노트의 표지에 그 세 글자
를 써야 하는 날이다. 하지만 그는 그럴 마음이 들지 않는다. 삼백
육십오 일을 다 채우지 못할 수도 있다. 공백의 날들이 남아 있는

일기장은 그의 인생에 흠집이 될지도 모른다.

_ 특별한 문제는 없습니다. 불편한 증상들은 모두 노화에서 오는 것이죠. 자연스러운 겁니다. 다만 매일 저녁 드시는 와인은 한 잔으로 줄이도록 하세요. 와인이 심장에 좋다고는 하지만, 과하면 무리가 됩니다. 언제 무슨 일이 생길지 모르는 연세시잖아요.

한 달 전의 정기검진에서, 삼십 대 후반의 새파란 의사는 그렇게 말했다. 자연스럽다니. 증상이 불편한 게 아니라 그 불편함이 노화에서 온다는 게 불편한 거라고. 그렇게 대꾸하고 싶었지만 그래봤자 알아먹을 것 같지도 않아서 입을 다물어버렸다.

매일 저녁 와인 반병을 마시는 삶을 지속하기로 그는 결심한다. 한때 무한하다고 믿었으나 이젠 언제 끝나도 이상하지 않은 삶이다. 육십 년 전의 첫 일기장을 한 장씩 넘기면서, 그는 마음에 단단히 새겨졌던, 그러나 지워지고 뭉개진 낯선 과거를 복기한다. 깊은 호수에 잠겨가는 사람처럼, 그는 느린 숨을 아껴 뱉는다. 공기방울이 터지는 자리마다 기억은 추억과 자리를 바꾼다.

시
간

여행자는 신발끈을 다시 묶는다. 아무래도 길을 잘못 들어선 모양이다. 보이는 것은 오로지 문들뿐이다. 큰 문, 작은 문, 둥근 문, 세모꼴의 문, 거친 문, 폭신한 문, 두꺼운 문, 얇은 문… 저물어가는 저녁을 배경으로, 상상할 수 있는 모든 문들과 누구도 상상하지 못했던 문들이 벽을 이루고 늘어서 있다. 하나같이 닫힌 문들이다. 문들의 나열에는 규칙이 없지만 문들의 집합에는 기묘한 조화가 있다. 목적이 없는 여행자라면 끝없는 감탄사를 쏟아놓을 만한 광경이다.

하지만 여행자는 문 같은 걸 보기 위해 수십만 킬로미터를 걸어온 것이 아니다. 그가 이르고자 하는 곳은 시간의 도시다. 지도에 나와 있는 곳이 아니었기 때문에, 세상에 떠도는 이야기들을 두루 찾아다녔다. 시간의 도시를 유일하게 목격한 노인은 가파른 산의 정상에서 은둔하고 있었다. 그곳에 도착했을 때, 그는 완전히 탈진

한 상태였다. 노인의 보살핌을 받으며 기력을 회복하는 데 한 달이 걸렸다.

여행자가 되기 전에, 그는 평범한 회사원이었다. 매일 새벽에 일어나 허겁지겁 세수를 하고, 한 시간 동안 전철을 탔다. 출퇴근 왕복 두 시간 동안 책을 읽겠다던 결심은 몰려드는 피로와 졸음 앞에서 도미노처럼 무너졌다. 전철의 문이 열리고 닫히는 소리, 다양한 언어로 흘러나오는 안내방송, 바퀴와 레일의 마찰음을 들으며, 평범한 회사원은 거대한 기계 속으로 자신의 몸이 빨려 들어가는 꿈을 꾸었다.

시간은 어디에서나 그를 쫓아다녔다. 한 걸음을 옮길 때마다 데드라인이 있었고, 가까스로 그것을 넘어설 때마다 상처투성이가 되었다. 그래도 그는 열심히 싸웠다. 무언가를 움켜쥐기 위해, 혹은 움켜쥐고 있는 것을 빼앗기지 않기 위해, 전방을 주시하고 후방을 경계하며 달려갔다. 그는 권투선수였고 욕망으로 만들어진 글러브가 항상 그의 주먹을 감싸고 있었다.

어느 평범한 날 아침, 평범한 회사원은 전철을 놓쳤다. 순간 그의 마음속에 있던 무언가가, 어떤 끈 같은 것이, 툭, 하고 끊어졌다. 다음 전철이 곧 들어온다는 안내방송을 들으며, 회사원은 전철역을 빠져나와 지상으로 올라갔다. 그리고 여행자가 되었다. 그의 목적은 단념이나 포기가 아니었다. 오히려 투쟁이고 쟁취였다. 시간의 마을에서 무한한 시간을 포획해 올 심산이었다. 시간에 쫓기

時間

는 것이 지긋지긋하여, 시간을 쫓아가 그것을 잡아오겠다고 떠난 길이었다.

신발끈을 다시 묶었지만, 여행자는 어디로 가야 할지 알 수가 없다. 바닥이 드러난 물통을 하릴없이 흔들며, 여행자는 문에 기대어 앉아 있다. 어둠이 안개처럼 문의 구석구석으로 스며들고, 끈질긴 벌레처럼 그의 몸을 잠식한다.

갈증과 허기로 비틀린 배를 움켜잡고 여행자가 눈을 떴을 때, 멀리서 여명이 시작된다. 그는 비틀거리며 문에 손을 짚고 일어선다. 그때 그는 문과 문의 틈으로 비쳐 드는, 한 줄기 빛을 발견한다. 빛은 동글동글하고 부드러운, 맛있는 빵처럼 보인다. 여행자는 천천히 걸음을 옮겨 빛으로 다가간다. 주먹을 풀고 열린 손으로 빛을 어루만진다. 그러자 문이 스르르 밀린다. 그 사이로 불현듯, 활짝, 폭포처럼, 시간이 쏟아진다. '과거와 현재와 미래가 종으로 무한하게 유전하여 연속하는' 그것이, 그를 감싸고 아우른다. 경이에 휩싸여, 여행자는 마침내 항복을 선언한다. 두려움에 휘감겨, 그는 빛으로 얼룩진 두 손을 들여다본다. 자신에 관한 모든 것과 세계에 관한 모든 것이 새겨진, 텅 빈 손들을.

소
풍

　조그마한 소시지에 칼집을 내어 꼬마 문어를 만들면 소풍이야. 따뜻한 우유를 휘저어 거품을 내고 갓 뽑은 커피를 부은 다음에 계피가루를 뿌리면 소풍이야. 걸음을 멈추고 꽃봉오리 들여다보면 소풍이야. 꽃봉오리에 잠시 머물러 있던 노랑나비 팔랑팔랑 날아가면 소풍이야.

　당신을 만나려고 작정했던 날, 길이 어긋나고 마음이 어긋나서 눈시울이 슬쩍 붉어졌어도, 기억나는 노래가 있다면 소풍이야. 모든 것이 조금씩 헝클어지고 기울어져서, 비틀거리고 넘어지면 소풍이야. 너무 멀리까지 와버린 건 아닐까 걱정이 들어도, 고요한 한숨에 바람이 어른거리면 소풍이야. 그래도 집으로 돌아갈 수 있을 것 같다는 기분이 들면 소풍이야.

　쉬엄쉬엄 가다가 작은 달을 만나는 일, 노닐고 거닐고 날리는 일, 해지고 닳는 일, 소식을 듣고 안부를 전하는 일, 거리낌 없이 떠도는 일, 그러다 헤아려 생각하니 어디선가 벌레 우는 소리가 들리는 일이 소풍이야. 바람에 마음을 풀어두면, 그게 소풍이야.

연
습

"그 아이는 알이었을 때부터 어딘지 건방져 보였어요."

훗날, 어미새는 그렇게 말했다.

"매끈하고 탱탱한 다른 애들하고 달리, 한쪽에 주름이 쪼글쪼글 잡혀 있었죠. 마치 항의라도 하는 것처럼."

어미새는 그 건방진 알이 신경 쓰였지만 그렇다고 둥지에서 내치지는 않았다. 다른 알과 똑같은 온기로 품어주었을 뿐 아니라 쪼글쪼글한 주름을 펴보려고 혓바닥으로 핥기도 했다.

"그래도 별 소용은 없었지만요."

날수를 채운 알들은 조금씩 금이 가기 시작했고 아기새들은 서둘러 세상으로 나올 채비를 마쳤다. 구름이 낮게 깔린 어느 날 아침, 다섯 마리의 아기새가 알을 깨고 고개를 내밀었다.

"다들 어리둥절한 얼굴들이었죠. 그 아이만 빼고요. 알에 있던

주름을 이마에 새기고 그 애는 태어났어요. 그러고는 끝없이 자기
주장을 해댔죠."

함께 태어난 네 마리의 아기새들이 어미새의 도움을 받아 날기
를 익히는 동안, 건방진 새는 둥지 한쪽에 다리를 꼬고 앉아 자신
의 깃털을 다듬었다.

"새로 태어났으니 그까짓 나는 것쯤은 마음만 먹으면 언제든지
할 수 있다고, 그 애는 말했어요. 윤기 나는 털을 가꾸는 게 그보다
중요한 일이란 걸 어째서 모르느냐고 반문하면서요. 나중에는 나
도 지쳐서, 그냥 내버려두었죠."

네 마리의 새들은 몇 번이나 실패를 거듭하다가 드디어 나는
방법을 배웠다. 그들은 곧 이 가지에서 저 가지로 자리를 바꾸기
도 하고 씨앗이 파묻혀 있는 흙 위를 종종 걷다가 푸드덕 날아올
라 까맣게 멀어지기도 했다. 건방진 새는 코웃음을 치며 그들을
비웃었다.

"그렇게 힘들게 연습하더니 겨우 저 정도냐는 거였죠. 그쯤 되
니 나도 싫은 소리를 할 수밖에 없었어요. 너는 얼마나 잘 날 수 있
는지 좀 보여달라고 했죠. 그랬더니…"

건방진 새는 가지 끝으로 총총총 걸어가 두 날개를 쫙 펼쳤다.
그러고는 곧장 땅으로 곤두박질쳤다. 잘 손질된, 윤기가 흐르는 날

개는 겨우 두어 번 파닥였을 뿐이다.

"날개가 너무 작았던 거예요. 아니면 저 자신이 날개에 비해 너무 컸거나."

어린 새가 날개(羽)를 퍼드덕거려 스스로(自→白) 날기를 연습한다. 새로 태어났다 해도, 배우지 않으면 날 수 없다.

안
부

어쩌고 있나요. 어쩌지도 못하고 있나요. 여름은 다 갔나요. 가을이 깃발처럼 펄럭이며 옷깃을 파고드나요. 소식은 가끔 듣나요. 듣고도 모른 척하나요. 좋은 사람을 만났나요. 누군가와 헤어졌나요. 미소를 지으며 자학하고, 미간을 찌푸리며 자만하는 습관은 여전한가요. 매일 아침 오만한 절망을 거울 앞에서 확인하나요. 숨기고 감추고 혼자 견디는 날들을 아직도 과거형으로 말하고 있나요. 지우고 기록하고 또 지우는 일들을 지금도 반복하나요. 어떤 빛깔로 평안한가요. 어떤 리듬으로 비루한가요. 누군가 손에 쥐어준 기쁨의 알갱이들을 부스러뜨리며 슬픈 노래를 들을 때, 호수에 담긴 물고기처럼 행복한가요. 사랑하지 않기 위해 투쟁하는 일, 영원하지 않기 위해 소진하는 일, 일상을 허구로 만들고 모래 위에 성을 짓는 일, 당신과 썩 잘 어울리는 일, 그런 일들로 채워지는 단 하나의 인생, 속에서 길을 찾았나요. 아니면 당신의 지극한 소원대로,

완벽하게 길을 잃었나요. 그래서 어쩌지도 못하고 있나요. 그래서
어쩌고 있나요.

연
인

바람이 사무치던 날들이 있었다. 기적이 일어난 것처럼, 규칙이 깨어지고 비밀의 싹이 돋아나던 날들. 마음을 확인하고도 한동안 어리둥절했다. 손안에 쥐고 촉감을 느낄 수 있는 무엇이 아니었으므로. 처음 걸음을 배운 사람처럼, 자꾸만 넘어졌다. 무릎에는 아직도 생채기가 남아 있다.

서툴게 또 낯설게, 실타래처럼 엉킨 어지러운 맹세를 떨어뜨리던 날들이 있었다. 하나의 맹세가 입 밖으로 나올 때마다, 바람을 불어넣은 풍선처럼, 모든 것이 부풀어 오르고 팽팽해졌다. 언제 터질지 모르는 순간이 지속되고 공포에 가까운 긴장이 공기를 치밀하게 채웠다. 호흡을 할 때마다 숨이 막혔다.

약속들과 다짐들, 영원이라는 단어에서는 달콤하면서도 쓴맛이 났다. 그것으로 충분하지 않다는 것을 알고 있었으나, 저항은 순정에 대한 모독이었으므로, 우리는 죄인처럼 갇혀 있었다.

어지러운 끌림(戀)을 마음(心)이 받치고 있던 날들이었다. 가벼운 것이 날아오르고 무거운 것이 떨어지듯, 어느 날 끌림과 마음이 자리를 바꾸었다. 오랜 시간이 흐른 후 다시 만났을 때, 깃털처럼 부드럽고 희미한 것이 시간의 언저리를 간질였으나, 심호흡 한 번으로 날아갔다. 바람처럼 사랑처럼. 혹은 청춘처럼.

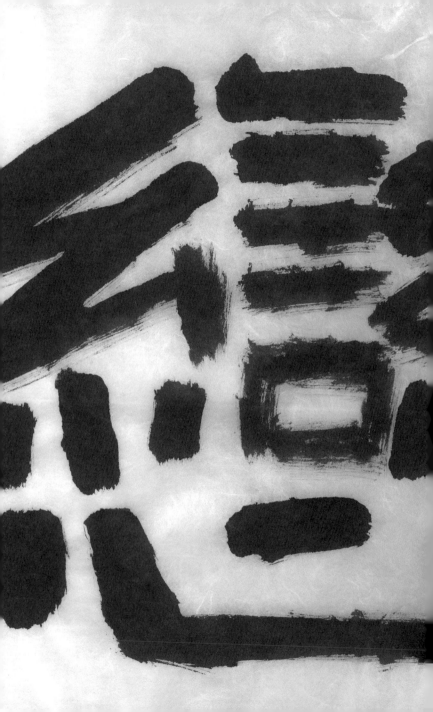

이
해

 그는 인생을 절개한다. 정교한 자로 치수와 부피를 재고, 정성
껏 벼린 칼로 섬세하게 갈라, 오차를 허용하지 않는 저울에 단다.
기쁨과 슬픔, 희망과 절망, 욕망과 무관심을 발라낸다. 무의식 속
에서 잠시 발현되었다가 곧 사라지는 일말의 호기심 같은 것도 놓
치는 법이 없다. 다른 사람이라면 휴지통에 버리거나 분리수거함
에 집어넣었을 실없는 농담과 무의미한 친절도, 그의 손에 의해 채
집되고 기록된다.

 "풀 해(解) 자를 유심히 본 적 있습니까? 이해 혹은 오해에 쓰이
는 그 해입니다. 풀다, 벗다, 깨닫다, 설명하다, 가르다, 분할하다,
느슨해지다, 떨어지다, 벗기다, 흩어지다, 쪼개다, 녹이다, 화해하
다, 그치다, 기원하다, 게으르다, 마주치다… 그런 의미를 가지고
있지요. 글자를 뜯어보면 오른쪽에 소 우(牛)와 칼 도(刀)가 있습니
다. 소의 살과 뼈를 칼로 바른다는 이야깁니다. 왼쪽에 있는 뿔 각

(角)은 짐승의 뿔 모양을 본떠 만든 것인데, 비교하다는 의미도 있습니다. 부위별로 소를 풀어 헤치는 것이 바로 '풀 해'입니다. 이 앞에 다스릴 이(理)가 붙으면 이해입니다. 그릇할 오(誤)가 오면 오해가 되지요. '해'를 다스리는 것이 제가 하는 일입니다."

기쁨의 덩어리를 돋보기로 들여다보며, 그는 흡족한 듯 입맛을 다신다.

"보십시오. 이 부위와 이 부위는 색깔이 다르지요? 조금 더 간절한 선홍색을 띤 것은 미래에 대한 기대가 포함된 기쁨입니다. 투명에 가까운 선홍색은 찰나의 기쁨이에요. 이것을 구분하는 것은 아주 중요합니다."

내가 고개를 갸웃거리자, 그는 돋보기를 내려놓고 동그란 은테 안경을 벗어 그것을 물끄러미 바라본다.

"미안합니다. 집중을 했더니 조금 피곤하군요. 어떤 부분이 이해가 안 가십니까?"

"그러니까 선생님 말씀은," 이 사람은 왜 내 눈을 보지 않고 말하는 걸까, 의아해하며 나는 대답한다. "한 사람이 한 사람을 만났을 때, 그래서 좋은 시간을 함께 보내며 기쁨을 느낄 때, 그 감정이 일회적인 것인지 아닌지를 구분한다는 것인가요? 이를테면 즐거웠지만 여기까지, 라거나 즐거우니까 다시 만나겠다, 라거나."

그는 주머니에서 낡은 천을 꺼내어 천천히 안경을 닦는다.

"세속적인 비유이긴 하지만, 틀린 말은 아닙니다. 그건 아주 중요한 일이죠. 안 그렇습니까?"

"글쎄요." 나는 의자에 놓아둔 가방을 집어 들고 몸을 반쯤 돌린 채로, 투명한 선홍색을 띤 찰나의 기쁨에 시선을 두고 말한다. "소의 뼈와 살을 분리하는 사람이 소를 이해한다고 말할 수는 없지 않을까요?"

즐거웠어요, 라는 인사는 하지 않고 나는 몇 발자국을 걸어 눈앞에 있는 문을 연다. 등 뒤로 기척이 어른거리지만 돌아보지 않는다. 찰칵, 경쾌한 소리를 내며 문이 닫히자, 뭉뚱그려지고 휘저어진 세계가 모습을 드러낸다. '여기까지'와 '다음에 또' 사이 어디쯤에 있을 미래를 뒤로하고, 나는 이해 불가능한 현재로 발을 내딛는다.

인
연

    그는 무슨 껍질에 둘러싸인 듯 말이 없었는데 그 침묵이 무겁진
않았다. 오히려 몸에 맞는 옷을 입은 듯 편안해 보였다. 가만히 팔
을 들어 올려 손바닥으로 찻잔을 감쌀 때, 커다란 신발로 감싸인
발뒤꿈치로 타닥타닥 리듬을 맞출 때, 그를 둘러싼 껍질은 점점 커
져갔다. 그의 동작은 날개를 펼치는 공작새처럼 우아했고, 그의 눈
매는 먹잇감을 잡아채기 직전의 매처럼 치밀했다.

    그는 인연을 믿는 사람이었다. 두 팔과 두 다리를 벌리고 삶의
대지 위에 단단히 서서 자신의 영역을 확장해갔다. 인생이 간헐적
으로 던져주는 우연(偶然)은 그에게 있어 거추장스럽고 불편한 것
이었다. 사람(人)을 만나게 하는 혹은 맞도록 하는(禺) 짝 우(偶)는
급작스럽고, 무분별하고, 동시다발적이어서 그의 힘으로는 결코
제어할 수가 없었다.

    석 달 정도를 함께 보냈던 그의 연인이 '아무래도 재미가 없어

서' 하고 말하며 그를 떠났을 때, 그는 실타래(糸) 같은 세계의 가장자리(象)를 꼼꼼히 훑어가며 이유를, 원인을, 연유하는 모든 것을 검토했다. 그토록 깊은 생각에 잠겨 있을 때의 그는 새들의 간섭을 아랑곳하지 않는 거대한 나무처럼 보였다.

한 포기의 벼에 대해 씨는 인(因)이 되고, 물과 흙과 온도는 연(緣)이 된다. 그가 하나의 씨앗이라면 과거에서 미래로 흘러가는 시간은 물이고, 인류의 역사가 품고 있는 경험의 축적, 사상과 가치, 예술과 과학 같은 것은 흙이다. 그렇다면 온도는?

'그야 물론 사람이다. 사람의 온기다.'

단련된 인내와 명철한 이성으로 껍질을 두르고, 그는 생각했다. 그에게 가까이 다가와 말을 거는 사람이 아무도 없었기에, 더더욱 깊은 생각에 홀로 잠겼다.

중
력

작은 정원에는 아직도 햇볕이 비쳐 든다. 여린 화초들은 벌써 오래전에 시들었지만, 키 작은 풀들은 바람을 따라 살랑살랑 몸을 흔들고 있다. 화초에 물을 주던 그 여자의 초록색 앞치마는 언제나 청결했다는 것을, 집은 기억하고 있다. 결코 어긋날 수 없는 어떤 약속처럼.

휴일이면 아이들의 웃음소리가 물결쳤다. 오렌지색 벽돌로 만든 담장을 넘어, 공기를 휘젓고 나뭇잎을 흔들던 작고 귀여운 파도. 한적한 골목길을 걷던 사람은 문득 걸음을 멈추고 홀로 빙그레 미소를 짓곤 했다. 선명한 하늘색 창틀과 활짝 열린 창문. 레이스 자락을 나풀거리는 보라색 커튼. 오븐에서 갓 꺼낸 쿠키의 달콤한 냄새. 커피가 보글보글 끓는 소리. 아이들은 엄마의 품속으로 뛰어들었고 아빠는 카메라 렌즈로 그들을 바라보았다. 집은 그들의 중심에 있었고, 그들의 과거와 현재와 미래를 지탱할 수 있을 정도로

무거워 보였다.

집의 중력에서 가장 먼저 벗어난 이는 누구였을까. 어느 날은 남편을 기다리며 아내가 대문 앞을 서성였다. 어느 날은 아내의 행방을 궁리하며 남편이 식탁 앞에 앉아 술을 마셨다. 어느 날은 아이들만 남아 딱딱한 비스킷으로 허기를 달래며 장난감 블록을 쌓았다. 어느 날은 부재한 아이들의 흔적을 만지작거리며 엄마가 울었고, 자꾸만 자동응답으로 넘어가는 전화기를 붙잡고 아빠는 화를 냈다. 오븐은 망가지고 카메라는 창고에 처박혔다. 크리스마스와 생일 들, 쉴 새 없이 돌아오는 기념일들은 기대에서 실망으로, 실망에서 부담으로 변해갔다. 그리고 어느 날 집은 비워졌다.

악의를 품고 모든 걸 망쳐버리겠다고 작정한 사람은 없었다. 그런 작정을 한 시간은 있었을지 몰라도. 욕심을 품고 모든 걸 누리겠다고 고집부린 사람도 없었다. 그런 고집을 부린 세상은 있었을지 몰라도.

정확하게 어떤 일이 있었는지, 집은 알지 못한다. 서서히 그러나 꾸준히 집은 무게를 잃었고, 이제 텅 비었다. 사람보다 힘이 센 시간과 세상이 모든 것을 점령했다. 처음부터 그런 것들과 무관하게 존재해온 먼지만이, 목격자로 살아남았다. 아직도 아낌없이 비쳐 드는 햇볕을 한껏 받으며, 담장과 창문과 커튼 사이를 넘나든다. 무심하고 냉정하게. 중력을 비웃듯.

질
문

여기서 산 지? 글쎄, 한 오십 년 됐나. 산증인이라 부르고 싶으면 그렇게 해. 그럭저럭 목숨은 붙어 있으니 틀린 말은 아니지. 그래, 엄청나게 변했네. 재미있는 건, 내가 처음 이곳에 왔을 때와 흡사한 풍경이란 거야. 죄다 오래되고 낡고 스산하지. 그때 난 스무 살이었네. 집과 가족을 불시에 잃어버리고 여기까지 흘러 들어왔지. 뭐 그 얘긴 구차하고 괴로우니까 생략하기로 하지. 아무튼 당시에도 꼭 이런 모습이었어. 내가 살고 있는 이 문 말이야.

문이 유명해지기 시작한 건 삼십 년 전쯤이었네. 어디 보자, 발단이 된 건 어떤 여자아이였어. 속눈썹이 길고 치아가 가지런한 아홉 살쯤 된 아이였지. 엄마 손을 잡고 문 앞까지 와서는 이 낡은 문고리를 잡고 흔들며 물었네. 우리 아빠는 언제 돌아오나요, 하고. 그때도 나는 여기서 살고 있었네. 봐, 공간이 제법 아늑하지? 그래

서 그 아이 목소리를 똑똑히 들을 수 있었어. 아이는 그 작고 귀여운 귀를 문에 바싹 대고 기다렸지. 그리고 대답을 들었네. 그 다음에 입소문이 퍼진 거야. 깜짝 놀랄 만큼 무서운 속도로.

그 후로 십 년은 아주 정신이 없었네. 사람들이 몰려드니까 그 사람들을 대상으로 장사를 해보겠다고 또 더 많은 사람들이 몰려들었지. 뒤늦게 사태를 파악한 나라에서 도로를 정비한다, 문을 개축한다, 야단을 떠는 바람에 결국 나도 여기서 쫓겨났던 거야. 경찰들은 노숙자들을 일망타진하겠다고 눈에 불을 켜고 돌아다녔네. 우리가 무슨 더러운 벌레라도 되는 것처럼. 돈 없고 힘없는 우리한테 대책이 있겠나. 낮에는 그 인간들을 피해서 숨어 있다가 밤이 이슥해진 다음에 문으로 기어 들어와 쪽잠을 자곤 했지. 그런 상황에서도 나중에 온 노숙자들은 내 영역을 인정해줬어. 고달프긴 했지만 아주 나쁘진 않았네.

그러다가 어느 순간 소나기 그치듯 사람들의 발걸음이 뚝, 그쳤어. 문이 대답하기를 거부한 것이 먼저인지, 사람들이 물어보기를 멈춘 것이 먼저인지는 나도 몰라. 제일 먼저 장사꾼들이 철수하고 경찰들이 사라지고 마지막으로 노숙자들이 떠났네. 나만 여기 남았지. 나야 뭐, 살 만큼 살았으니 별 여한은 없네. 가끔 제일 처음 문한테 말을 걸었던 그 여자아이가 생각나긴 하지. 그 아이의 아빠가 돌아왔을지도 궁금하고.

뭐라고? 문한테 물어볼 생각은 하지 않았느냐고? 허허. 이 사람아. 아직 모르겠나. 문 뒤에서 대답을 한 사람이 누군지? 그런 얼굴할 거 없네. 다 옛날 일이야. 맞아, 이젠 아무도 기억하지 못하지만, 한때 이 문의 이름은 '질문'이었다네.

체
감

　육체의 기억은 사소하다. 지끈거리는 관자놀이를 누르며 그는 펜을 놓는다. 원고지를 누르고 있는 왼손이 유난히 뻐근하다. 아직도 펜과 원고지가 아니면 글을 쓸 수 없는, 그의 시대착오적인 고집 때문이라고 그녀는 말했다. 한때는 그랬을지도 모른다. 그녀가 곁에 있던 그때는. 하지만 지금은 이야기가 달라졌다고 그는 생각한다. 손등의 흉터 탓이다. 사고가 일어나던 순간의 기억이 여태생생하다. 그들을 둘러싼 공기의 밀도는 바늘 하나 들어갈 틈이 없을 만큼 높았다. 그녀는 뜨거운 물이 가득 든 커피포트를 들고 서 있었다. 초조한 기색도, 흥분한 기색도 없는 눈동자가 그를 바라보았다. 묘하게도 평화로운 표정으로, 그녀는 천천히 커피포트를 기울였다. 테이블 위에 올려놓은 그의 손등 위로 모락모락 김이 나는 물이 흘러내렸다. 그녀가 어떤 벌을 주더라도 피하지 않겠다고 그는 결심했고, 실제로 피하지 않았다. 그가 수도꼭지에서 흘러나오

는 차가운 물로 손등을 식히는 동안 그녀는 짐을 꾸렸다. 그는 할 말이 없었고, 그녀는 말을 하지 않았다. 집을 나서기 전, 그녀는 그의 등을 잠깐 어루만졌다. 그게 다였다. 그녀의 손끝에서 팽팽하게 긴장했던 등의 근육들. 이렇게 헤어지다니, 당신한텐 참 안됐어요. 그녀의 손은 그렇게 말하고 싶어 했다.

육체의 기억은 이기적이다. 혼란과 기쁨 속에서 간헐적으로 경련하던 순간들은 까맣게 잊어버리고, 자신이 상처받은 것만 남겨둔다. 문신처럼 각인처럼 뼈에 새겨진 고통의 흔적들을 질리지도 않고 점검한다. 아직도 손등에서 느껴지는 열감. 너는 그녀를 잃었어. 두 번째 기회는 오지 않아. 네 인생에 이제 사랑은 없어. 검붉은 흉터는 그렇게 말하고 싶어 한다. 두 팔과 두 다리, 허벅지와 쇄골에 심장이 합세하여 소리를 지른다. 그의 실수가 용서받지 못한 이유는 그가 명백하게 의도한 것이었기 때문이다. 변명도 거짓말도 하지 않았기 때문이다. 그가 의도한 것은 배신이 아니라, 믿음을 시험하는 것이었기 때문이다.

육체의 기억은 힘이 세다. 비틀거리는 영혼이 제자리를 잡으려 애를 쓸 때, 손을 잡아끌고 다리를 건다. 영혼이 꼼짝도 없이 붙들려 있는 동안, 온몸의 세포 하나하나가 그 기억을 확대하고 재생산한다. 저항할 수 있는 사람은 아무도 없다. 그 사실을 과소평가하고, 뒤늦게 후회하는 이들만 있을 뿐이다.

총
명

반듯하고 단조로운 방에 다섯 개의 의자가 놓여 있다. 벽은 차고 건조한 푸른색이다. 하지만 벽의 색깔 같은 걸 의식하는 사람은 아무도 없다. 벽은 이 방에 들어서는 낯선 이를 경계하듯 냉정함과 무정함을 소리 없이 발산하고 있을 뿐이다.

다섯 개의 의자 중 네 개는 방의 각 모서리에 자리를 잡고 있다. 특징 없는 검은 가운을 걸친 네 명의 면접관들이, 표정 없는 얼굴로 거기 앉아 누군가를 기다린다. 문이 열리고 잔뜩 긴장한 751번 후보가 들어서다가, 방의 중앙에 동그마니 놓인 빈 의자를 보고 그대로 우뚝 서버린다.

_ 751번이군.

서류철을 뒤지며, 수석 면접관이 중얼거린다. 그것을 신호로, 스위치를 올린 듯, 그림처럼 앉아 있던 면접관들이 움직이기 시작한다. 기지개를 켜고, 발을 구르고, 자리에서 일어나 방을 가로지르고, 웅얼웅얼 혼잣말을 하고, 둘씩 짝을 지어 대화를 하고, 거기에 한두 사람이 가세하여 논쟁을 벌인다. 그 기세에 눌려 751번은 갈피를 놓치고 우왕좌왕 밀려다닌다. 놀라고 당황하고 다리에 힘이 풀린다. 중앙에 놓인 의자에 털썩, 앉아버린 그를 네 명의 면접관이 둘러싼다. 그리고 동시에 입을 열어, 전혀 다른 이야기를 시작한다. 모차르트, 프랑크푸르트, 장미전쟁, 장자, 상대성이론, 제임스 조이스, 카페 플로라, 콘트라베이스, 사이프러스, 원주율, 로트레아몽, 케네디 같은 단어들이 종횡무진, 무차별적으로 쏟아져 차가운 푸른 벽에 부딪치고 튕겨 나온다.

"중요한 건 순발력입니다. 어떤 일이 닥칠지 모르는 게 인생 아닙니까." 수석 면접관은 말한다. "계획을 세우고 준비를 한다고 해도, 예상하지 못한 변수가 항상 발생합니다. 그것에 어떻게 대처하느냐가 관건입니다. 우리의 방식이 후보자들을 괴롭히고 있다는 건 인정합니다. 하지만 우리가 제공하는 것은 그들의 두 번째 인생입니다. 모든 것을 잃은 사람들이고, 이 테스트가 그들의 마지막 기회입니다. 그러나 그만한 자격을 갖춘 사람이 아니면, 열두 번의 기회를 준다고 해도 소용이 없습니다. 제대로 된 사람을 뽑기 위해서는 다소 잔인한 방식을 사용할 수밖에 없지 않겠습니까. 면접관들은 질문을 하고 후보자는 대답을 하는 기존의 형태를 무너뜨리고, 그들의 반응을 평가하는 것입니다. 면접이 끝나고 나면, 보고

들은 것에 대한 리포터를 제출하게 합니다. 그것이 최종심사에 반영되지요."

"그렇다면 심사의 기준은 순발력, 그리고 기억력인가요?"

수첩에 얼굴을 묻고 바쁘게 펜을 놀리며, 기자가 묻는다.

"기억력이라기보다는 총명함입니다. 귀 밝을 총, 밝을 명. 총명이란 잘 듣고 잘 보는 것입니다."

수석 면접관은 인터뷰를 시작한 이후 한 번도 자신과 시선을 마주치지 않은, 오로지 메모에만 열중하고 있는 기자를 연민 어린 눈으로 바라본다.

"우리가 아무것도 묻지 않는 까닭은, 들려주고 보여주기만 하는 이유는, 그게 바로 인생의 방식이기 때문입니다. 친절하게 질문을 던지고 대답에 귀를 기울이는 인생을 본 적 있습니까?"

기자는 건성으로 고개를 끄덕이고, '…귀를 기울이는 인생은 없다'고 갈겨쓴다.

"당신은 인생의 두 번째 기회를 얻지 못할 겁니다. 듣지 않고, 보지 않고, 모든 기회를 놓쳐버린 그 사람들처럼."

수석 면접관은 자리에서 일어나 휘적휘적 걸어 나간다. 펜의 끝을 입에 물고, 기자는 멍하니 그의 뒷모습을 바라본다. 자신이 무슨 이야기를 들었는지, 그리고 무엇을 보았는지 인지하지 못한 채.

환
송

그럼에도 불구하고 아직 사랑을 믿고 있느냐고 누가 물었다. 그럼요, 그럼요, 당연하지요, 하고 나는 대답했다. 처음의 '그럼요' 이전에 5초 정도의 포즈가 있었고, 두 번째의 '그럼요' 이전에 3초 정도의 덜컥거림이 있었다. 나에게 이목이 집중된 무대 위에 올라가 말을 고를 때의 불안한 포즈였고, 턴테이블 위에서 레코드가 돌아가다가 바늘이 살짝 튄 것 같은 덜컥거림이었다. 그것이 망설임이었는지 아니면 신중함이었는지 상대가 되묻지 않기를 바라며, 가능하다면 눈치도 채지 않았기를 바라며, 나는 서둘러 긍정의 문장을 뱉어냈다. 사랑이 힘들겠어요, 사랑을 하는 일이 힘든 것이죠. 사랑이 아프겠어요, 사람을 잃는 일이 아픈 거겠지요. 사랑이 아니라면 이 삶에 어떤 이유가 있겠어요. 나의 글이, 나의 노래가, 나의 생각이, 무슨 가치가 있겠어요. 상대가 고개를 숙이고 메모를 하는 동안, 애초의 전제였던 '그럼에도 불구하고'가 잊혔다. 포즈가 사라지고 덜컥거림이 증발했다. 나는 짐짓 시간을 확인하며 이만하면 인터뷰는 충분히 하지 않았느냐고 물었고, 상대는 아직 서너 가지 질문이 남아 있으나 거의 끝나간다고 나를 안심시켰다. 어쩐지 내 이야기를 너무 많이 해버린 것 같아 나는 대화의 방향을 자꾸 상대에게 돌렸다.

집으로 돌아오는 길에 엉뚱하게도, 환송이라는 단어가 떠올랐다. 언젠가 그 단어를 한자사전에서 찾아본 적이 있다. 기뻐할 환(歡), 보낼 송(送). 떠나는 사람을 축복하며 기쁜 마음으로 보낸다는 그 말의 아름다운 모순이 마음에 걸려, 체한 사람처럼 자꾸만 그 글자들을 잘라보고 묶어보았다. 기뻐할 환(歡) 속의 풀 초(艹), 입 구(口), 새 추(隹), 하품 흠(欠)을 응시하고, 하품 흠(欠)의 또 다른 의미인 이지러질 결(欠)에 오래 머물렀다가, 보낼 송(送) 안의 쉬엄쉬엄 갈 지(辶)와 웃을 소(关)를 고심하고, 웃을 소(关)의 또 다른 의미인 관계할 관(关)을 난처해했다. 그러자 풀밭 위를 날아다니며 노래하는 새들, 새들의 노곤한 휴식, 그러한 새들을 몇 번이나 뒤돌아보며 비틀비틀 걸어가는 사람, 보내는 사람과 떠나는 사람의 애써 짓는 미소, 그 모든 것이 이지러지고 헝클어지는 풍경이 떠올랐다. 보내는 사람은 풀밭 위에 서 있고, 떠나는 사람은 멀어진다. 미안해하지 말라고 기쁜 마음으로 서 있고, 서운해하지 말라고 웃으며 떠난다. 작별을 원망하지 않고 축복하려면 얼마나 그 사람을 사랑해야 하는 걸까. 그런 막연한 생각을 했다.

그러니까 5초 동안의 포즈와 3초 동안의 덜컥거림은, 아마도, 거짓말을 하기 위한 망설임은 아니었을 것이다. 진실을 말하기 전의 신중함도 아니었을 것이다. 나는 누군가를 환송할 수 있는 사람인가. 나는 기꺼이 환송할 사람을 품고 있는가. 그런 생각들이 내 발목을 잡고 끌어 절름거리게 했을 것이다. 똑같은 질문을 다시 받는다고 해도, 대답을 위한 시간이 나에게는 필요할 것이다. 짧지만 무거운. 누구에게도 제대로 설명할 수 없는. 그럼에도 불구하고 생략할 수 없는. 나는 그 질문에 쉽게 대답할 수 있는 사람이 아니라는 게, 좀 이상하지만, 다행스럽다.

한
　가

　나무는 문 앞에 서 있고 사람은 집 안에 있다. 장미는 들에 있
고 생각은 물속에 잠겨 있다. 둥근 것들은 매달려 있고 의지는 책
갈피에 꽂혀 있다. 기억은 길 안에 있고 망각은 흔적을 지우고 있
다. 바람은 흔들리는 가지 위에 있고 슬픔은 수풀로 뒤덮인 은신
처에 있다. 노래는 가수의 고단한 입가에 있고 그림은 화가의 고
요한 꿈속에 있다. 나는 마음을 풀어두고 흔들흔들 세계를 방황한
다. 한가롭다.

暇

현
재

사탕을 빨아먹듯 여자는 생의 달콤한 맛을 빨아먹었다. 구하려 들면 생을 녹아내리게 할 수분과 온기는 어디에나 있었다. 나쁜 일은 일어났지만 무슨 작정이 없는 사람을 무너뜨릴 수는 없었다. 기억할 만한 일도 일어났지만 지금 기억하고 있는 일로 인해 금세 지워졌다. 곤란한 것은 여자를 사랑하는 남자들이었다.

그녀에게는 멋진 안목이 있다고, 그들은 안타까운 듯 말했다. 폐광에서 금을 캐내는 것처럼, 여자는 사소한 것들에서 반짝이는 것을 찾아냈다. 그녀와 함께 있는 세계는 영감으로 가득했다. 꽃들은 말을 걸고 새들은 멜로디를 가르쳐주고 나무들은 화려한 포즈를 취했다. 평생 회계 보는 일밖에 모르던 사람은 밤을 새워 소설을 쓰고, 주방 근처에도 가보지 않았던 사람은 근사한 부야베스를 만들었다. 책상은 악보로 넘쳐나고 벽은 물감으로 얼룩졌다. 넘쳐나는 생의 유희는 그들을 당황스럽고 불편하게 만들었다. 일상은 뒤죽박죽이었고 계획은 엉망진창이었다. 감각들은 여리고 약해진 감정의 세포들을 무차별적으로 공격했다. 그리하여 숨겨진 것들이 모조리 드러나고 미래는 곧, 지금, 당장, 그 자리에서, 즉흥적으로, 임시로 결정되었다.

그래도 그녀가 곁에 있었을 때의 삶은 고달프지 않았다고, 그들은 아쉬운 듯 말했다. 옷을 갈아입는 것처럼, 여자는 남자를 바꿨다. 달걀프라이를 할 때 노른자를 터뜨리지 않는다고, 바이올린을 켜기 전에 너무 오래 조율한다고, 물감을 초록 계열과 붉은 계열로 반듯하게 나누어둔다고 불평하며, 그녀는 그들에게 이별을 고했다. 여자가 떠난 순간, 삶은 빛과 향과 촉감을 잃어버리고 발밑에 구르는 돌멩이 같은 것이 되어버렸다. 그 돌멩이가 보석처럼 반짝이던 시절을 떠올리며, 남자들은 쉽게 비참해졌다.

그녀는 현(現)을 사는 사람이었다. 일별하는 것만으로 수만 가지를 보고(見) 옥(玉)을 갈아 빛을 냈다. 그 생이 지나치게 현란하여 도무지 부자연스럽다며, 그녀를 비난하고 시기하는 이들도 있었다. 그러나 그녀는 흙(土)에서 돋아난 풀의 싹(才)처럼 그 시간에, 그곳에, 단지 한순간에 존재했다. 한 번뿐인 생은 이렇게 살아야 마땅하다고, 벽에 박힌 못처럼 확신하면서.

右

희
망

"그 여자가 일생 동안 보여주지 않았던 것이 희망이었기 때문이야."

그녀의 마지막이 비루하지 않았던 이유에 대해 누군가 그런 가설을 제기하자, 좌중은 침묵으로 둘러싸였다. 환풍기가 끝없이 돌아가고 있었지만, 장례식장의 공기는 회반죽을 섞어놓은 듯 탁했다.

"희망의 '희'는 '드물 희'지. 그러니까 희망은 희미하고 드문 무엇을 바라는 거야. 그 사람은 현명했어."

윤기를 잃고 건조해지기 시작한 경단을 물끄러미 바라보던 한 남자가 마침내 입을 열었다. 침묵이라는 얼음으로 덮인 호수를 망치로 땅땅 내려치는 것 같은, 묵직하고 날이 선 음색이었다. 금이 간 침묵의 틈으로 다른 이들이 목소리를 내기 시작했다.

"대부분의 사람들과 삶의 방식이 달랐던 건 확실해. 입양한 아이가 셋이었던가?"

"그랬지. 남편과 헤어지고 그 아이들과 같이 한동안 외국을 돌아다니지 않았나?"

"그리스에서 온 엽서를 받은 적이 있어. 아이들이 크레용으로 잔뜩 색칠을 해놔서 글씨를 읽을 수가 없었지만."

"아, 엽서라면 나도 받았지. 모나코 소인이 찍혀 있었는데."

"가게를 옮긴 건 여행에서 돌아온 다음인가?"

"가끔 서비스로 내준 홍시가 맛있었는데. 한여름에도 꽁꽁 얼린 홍시가 늘 있었잖아."

모두들 홍시를 떠올리며 미소를 짓고 있을 때, 구석에 앉아 있던 한 사람이 천천히 입을 열었다.

"드물 희가 아니야."

시선이 집중되자, 그는 종이컵에 든 소주를 홀짝 마시고 고개를 들었다.

"바랄 희지. 드물 희는 바랄 희 옆에 벼 화(禾) 변이 붙어 있어. 예전에는 벼가 귀했으니. 희귀하다, 할 때 쓰는 희야."

희망의 희가 드물 희라고 얘기했던 사람은 소중한 유리병을 깨뜨린 것처럼 어두운 표정이 되었다.

"바랄 희에 바랄 망이군. 그것도 그다지 긍정적이진 않은데."

누군가 분위기를 수습했고, 그것을 신호로 하여 사람들은 자리를 떴다. 웃음기가 없는 여자의 영정이 그들을 배웅했다.

"바랄 희라."

장례식장 앞 택시 정류장에서, 바랄 희를 드물 희로 착각했던 사람이 중얼거렸다.

"바라다, 동경하다, 희망하다, 사모하다, 앙모하다, 드물다, 성기다, 적다. 그게 모두 바랄 희의 의미인데. 그런 것이 희망인데. 희망을 품는다는 건 애초부터 그런 것인데."

"드물 희라."

장례식장 건너편 버스 정류장에서, 드물 희를 바랄 희로 바로 잡았던 사람이 중얼거렸다.

"그쪽이 맞을지도 모르겠군. 왠지 위로가 되는 이야기야."

일생 희망을 보여주지 않았던 여자가 사라진 후, 여자의 가게를 드나들던 사람들은 두 번 다시 만나지 않았다. 더 이상 할 말이 남아 있지 않았으므로. 희망을 거론하는 사람도 없었다. 그런 건 단 한 번도 존재한 적 없었으므로.

봄의
밤에

봄이 어디까지 왔는가, 하고 아침마다 창을 열고 살피다가 끝내 기다리지 못하고 마중을 나간 게 재작년이었다. 털이 달린 부츠 대신 가벼운 플랫슈즈를 신은 터라 발이 시렸다. 발을 동동 구르며 겨우 당도한 남쪽나라에도 꽃들은 머뭇거리고 수줍어하며 제 얼굴을 다 보여주지 않았다.

봄이 제법 왔나, 하고 저녁마다 강가에 서서 바람에 뺨을 대보던 게 작년이었다. 빨간 벙어리장갑을 두고 온 터라 손이 시렸다. 입김으로 손가락을 녹이며 나무를 쓰다듬어보았지만 푸른 잎들은 망설이고 양보하며 시간을 재고 있었다.

그런데 올해의 봄은 어쩐 일인가. 팝콘이 터지듯 한꺼번에, 하나둘셋, 하고 팡 터져버렸다. 털신을 신고 장갑을 낀 채로 어리둥절하여 나는 봄의 한가운데 서 있다. 너무나 갑작스러운 일이라 불안하고, 어쩔 줄을 몰라 당황하고, 아무것도 준비하지 못해 미안하다. 그런 심경을 아는 척 모르는 척 기억이 덮쳐와 좌충우돌 부딪친다. 사람의 얼굴이 보이다 사라지고, 마음의 결이 갈라지다 무너진다. 왠지 조급하고 분하여 서둘러 편지를 쓴다. 그러나 이리저리 허둥대는 생각은 단 하나의 문장도 짓지 못한다. 그 사이에 꽃이 진다. 스르르 기억이 지고 사람이 지고 마음이 진다.

봄의 밤에.

부르다 만
노래처럼

내 꿈에 나타난 사람이 너라는 걸 알아차리기까지, 시간이 좀 걸렸다. 우리는 푸른 잔디밭에 나란히 앉아 해가 다 질 때까지 기다리다가, 늦은 밤의 산책을 하기로 했다. 멀지 않은 곳에 바다가 있었다. 나는 여전히 집이 없어, 네가 말했고, 나도 줄곧 잔디밭이나 뭐 그런 데서 잠을 잤어, 내가 말했다.

미풍이 불어오는 쪽을 향해 걸음을 옮기며 생의 불안함을 놓치지 않으려는 너의 단호한 옆모습을 바라보는데, 어디선가 파도의 소리가 들려왔다. 밤이었지만 바다는 푸르게 빛나고 있었고, 금빛 모래알이 별처럼 반짝였다. 그리고 바다로부터 푸른 물고기 두 마리가, 마치 내내 우리를 기다리고 있었다는 듯이, 가만히 솟아올랐다. 까만 줄무늬를 가진 푸른 물고기들은 서로 몸을 붙이고, 하나의 존재처럼 움직였다. 떠오르고, 밀리고, 파도치고, 흔들리며, 헤엄을 치듯 공기 중으로 떠올랐다 가라앉으면서도, 서로의 곁을 지키고 있었다. 너는 은밀한 이야기를 하는 사람의 시선으로 나를 바라보았지만, 말은 하지 않았다. 그 물고기들을 내가 알고 있다는 사실을 깨닫게 되기까지, 시간이 좀 걸렸다.

선물을 주고 싶다고, 그때, 너는 말했다. 사실을 말하자면, 나는 좀 당황스러웠다. 네가 내게 뭔가를 선물한다는 것이 이상한 상황이었으니까. 내가 대답을 하지 않자, 너는 어린아이처럼 조르기 시작했다. 주고 싶어, 줘도 되지? 어쩔 수 없이 나는, 뭔데?, 하고 물었다. 아무렇지도 않게, 가볍게 대답하려고 옥타브를 올리는 바람에, 내 목소리는 멀리서 들려오는 휘파람처럼 들렸다.

비밀이야. 너는 엉뚱하리만치 심각한 얼굴을 하고, 사형선고라도 하듯, 목에 걸려 있는 단어를 힘겹게 내뱉었다. 한 번만 얘기할 거야. 잘 들어. 그리고 아무한테도 말하면 안 돼. 아무도 모르는, 나 혼자 이십 년 동안 간직해왔던 비밀이야. 아주 어릴 때, 난 물고기 두 마리를 선물로 받았어. 엄마가, 나더러 이름을 지으라고 했어. 그래서 내가 이름을 지어줬어. 그 두 마리 물고기에게.

거기까지 숨도 쉬지 않고 단숨에 얘기한 후, 너는 호흡을 고르고, 두 개의 이름을 말했다. 한동안 우리 둘 다 아무 말도 하지 않았다. 그것이 네가 내게 주고 싶었던 선물이라는 것을 인지하기까지, 시간이 좀 걸렸다. 비밀을 지킬게. 나는 엄숙하게 약속했고, 너는 만족했다. 나는 비밀을 지켰다. 네가 내 인생에서 완전히 사라질 때까지. 그리고 그 후의 오랜 세월 동안.

그렇게 긴 시간을 잊고 살았는데, 어째서 네가 내 꿈을 찾아온 것인지, 의아해하며 나는 잠에서 깨어났다. 내 일상에 어떤 전조가 있었는지 더듬어보았지만 아무것도 발견할 수 없었다. 물고기들의 이름을 기억해내려 했지만, 그 이름이 있어야 할 자리는 막막한 어둠이었다.

우리는 태어나 단 한 번도 울타리 안에서 살지 않았던 사람들이었고, 무리에서 떨어져 나온 두 명의 집시들처럼 마음이 맞았다. 생의 아늑한 그늘에 자리를 잡고 느긋하게 살아갈 수 없는 사람들이었고, 누군가에게 기댈 수 없는 사람들이었고, 바로 그 이유 때문에 오래전에 서로에게 잊힌 사람들이었다. 그런데 그 오래된 꿈은 무슨 이유로 그렇게 빛나고 생생했을까. 푸르스름한 대기 속을 유영하던 두 마리 물고기의 은빛 비늘은, 무슨 이유로 그렇게, 부르다 만 노래처럼 떨렸을까. 왜 내 삶의 어떤 부분은, 풀리지 않는 은유로 가득 차 있는 것일까.

미안해. 또 다른 꿈으로 빠져들기 전, 나는 중얼거렸다. 너의 선물을 잃어버렸어. 하지만 물고기들은 잘 지내고 있어. 여전히 집이 없는 너와, 아직도 길 위에서 잠을 자고 있는 나 사이, 어디쯤에서.

사소하게

　사소한 무심함으로 울다가 사소한 다정함으로 웃는다. 사소하게 기대하다가 사소하게 실망하고 사소하게 위로를 구한다. 사소하게 숨기거나 사소하게 드러내거나 사소하게 자랑하다가 사소하게 후회한다. 사소한 인연이 사소한 기억으로 가까워졌다가 사소한 망각으로 멀어진다. 나의 삶이 온통 사소함으로 채워져 있으나 사소한 행복은 가볍지 않고 사소한 견딤이 쉽지는 않다. 많은 것을 바라지 않는 사람들의 절망이 사소하지가 않다.

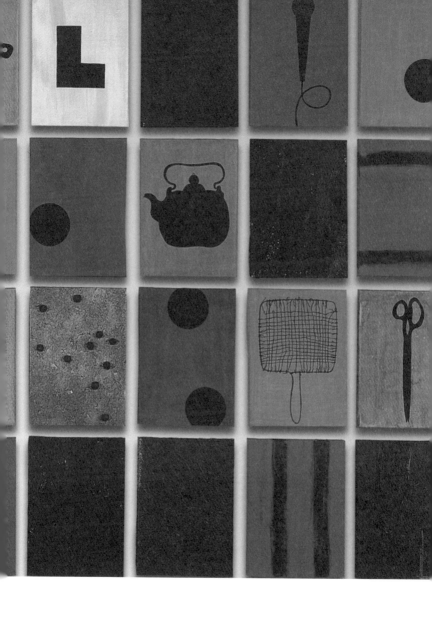

낯설게
또는
서투르게

잠결에 그리운 사람이 쓴 아름다운 편지를 읽는다. 몸을 뒤척이며 체온이 닿은 자리와 닿지 않은 자리를 가늠해본다. 조금 전까지 내가 누워 있던 안온한 기운 속에서 차가운 자리로 옮겨갈 때의 그 낯설음이 싫지 않다. 벌써 편지의 구절들이 가물거린다. 한 번 더 꿈이 몰려든다. 그리고 다음은 아침이다. 단 하나의 문장, 단 하나의 단어도 기억나지 않는다. 머리맡을 더듬어 물을 찾다가, 잠결에 휘갈겨 쓴 메모를 발견한다.

서툴게. 한 걸음. 무게. 익숙함에 대한 경계.

나는 익숙하지 않은 것에 대한 불편함을 잘 견디지 못하는 사람이다. 낯선 곳이 두렵고 낯선 사람이 두렵고 낯선 시간이 두렵다. 한 번도 가보지 않은 곳에서 누군가를 만나야 할 때면, 몇 시간 전에 미리 가서 그 장소에 적응할 때까지 하릴없이 서성이는 바보 같은 짓을 한 적도 여러 번 있었다. 그런 주제에 툭하면 짐을 싸 들고

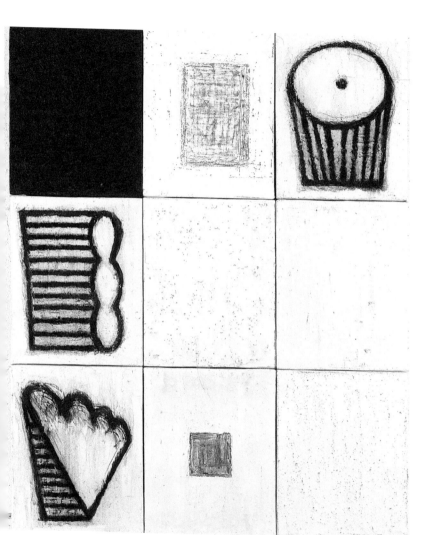

어디론가 떠나는 나를, 친구들은 이상하다 했다. 나도 내가 이상했다. 낯선 곳과 낯선 사람과 낯선 시간을 온통 겪어야 하는 여행은, 나에게 휴식이 아니라 전쟁이니까. 그러고 보면 나 자신에 대해서도 단정할 수 있는 건 아무것도 없다. 나는 익숙하지 않는 것에 대한 불편함을 견디지 못하는 동시에 익숙함이 가져다주는 편안함도 견디지 못하는 사람, 이라고 해야 할지도 모르겠다.

그런 생각 끝에 잠결의 단어들을 들여다보며, 도무지 어디에서 연유한 것일까, 다시 생각해본다. 어쩌면 그 단어들은, 내가 벌써 잃어버린, 그리운 사람의 아름다운 편지로부터 발현한 것일지도 모르겠다. 그러자 단어의 연유보다 잃어버린 편지에 마음이 묶인다.

친밀하면서도 낯선 관계. 이것 또한 모순이다. 하지만 친밀함은 익숙함의 동의어가 아니고 낯섦은 불편함의 동어의가 아니다. 만약 내가 원하는 것이 친밀하지만 익숙하지 않고, 낯설지만 불편하지 않은, 그런 인생과 그런 관계라면, 하고 절망에 사로잡힌 적이 있었다. 나는, 일이나 사람이나 사랑이 한없이 밀착해와 호흡을 흐트러뜨리고 절뚝거리게 하는 것을, 언제까지나 견디고 있는 사람이 아니라는 것을, 그래, 이해한 사람도 있었다. 하지만 이해한다고 해서 그것을 받아들일 수 있는 건 아니다. 그런 일은, 뭐랄까, 좀 더 본능적이고 직관적이어서, 그렇게 태어난 사람들만 알 수 있는, 그런 일이라는 것을, 설명할 수는 없었다.

당신이 언제까지나 나에게 낯설었으면 좋겠다고, 나는 생각한다. 나의 서투름은 나의 진심을 증명하는 것임을 믿어주었으면 좋겠다고, 하지만 내색은 하지 않았으면 좋겠다고. 모든 익숙함에 대해 경계하는 것이 나의 삶임을, 무엇인가에 익숙해지는 순간, 꽃처럼 시들어버릴지도 모를 것이 또한 진실임을, 한없이 차오르는 것과 한없이 비어가는 것의 동일한 무게를, 희미하고도 선명한 시간의 직선과 곡선들을, 도무지 앞뒤가 맞지 않은 모순투성이의, 그 친밀하고도 낯선 엉망진창의 뒤엉킴을, 이미 알고 있는 사람이 당신이라면 좋겠다고. 아무것도 모르고 있는 사람이 당신이라면 좋겠다고.

어쩌면 그 아름다운 편지가 불현듯 사라진 것은, 당신이 새긴 모든 찰나의 아름다움 탓이리라. 나는 아마도 더 많은 것을 잃어버리고, 더 낯선 곳을 헤매며, 더 낯선 마음의 갈피를 잡기 위해 몇 번이고 마음을 뒤척이리라. 다만 한 걸음을 옮기기 위해. 그것이 당신을 향한 걸음이거나 혹은 돌아서는 걸음이거나.

희미하게

　지난밤에는 모든 것이 선명했다. 세계는 단단하여 꽃은 시들지 않고 꽃병은 부서지지 않았다. 사물의 내면과 생명의 본질이 그의 영혼에 충만하게 차올랐다. 나무의 현재를, 새의 미래를, 타인의 과거를 그는 낱낱이 헤아릴 수 있었다. 조금도 움직이지 않는 정물과 끝없이 자리를 바꾸는 동물의 드로잉이 빈 벽을 가득히 채웠다. 꿈이나 희망 같은 단어들이 조금도 불편하지 않았다. 정갈하면서도 찬란한 세계 속에서 그는 별들의 운행과 너그러운 운명을 관측했다. 그랬다. 밤의 빛 속에는 빛나던 것들이 있었다. 그리고 오늘, 그가 두고 온 세계가, 더 이상 존재하지 않는 마법의 세계가, 낮의 빛 안에서 희미하게 흔들린다.

그래서 지금은
검은 구멍들

아침나절에 고요히 고요히 날리던 눈발들이 어디에도 내려앉지 못하고 사라졌다. 흐린 하늘에 떠오른 해가 동그랗게 동그랗게 빛의 원을 그린다. 세계가 끝날 무렵의 해가 혹시 저렇지 않을까 하고 올려다보다 눈길을 돌리니 시선 닿는 곳에 검고 동그란 구멍이 생겨난다. 며칠 동안 생각의 맥락이 가닥가닥 끊어졌고 그래서 할 말이 없었다. 몇 개의 단어들이 서성이다 문장이 되지 못하고 증발했다. '일어난 일'에 대해서가 아니라 '일어나는 방식'에 놀라움을 느끼기 바란다던, 여든한 살에 발표한 마지막 소설집을 끝으로 더이상 글을 쓰지 않겠다고 선언한 어느 작가를 생각했다. 그 사람은 일어나는 방식에 대한 모든 패턴을 찾으려 했을까. 혹은 아무런 패턴도 없이 무작위로 일어나는 일들의 방식에 매혹되었을까. 어느 쪽이든 다가왔다가 사라진다. 사라진 것이 사라진 모습 그대로 다시 오는 일은 없다. 어떤 일이 일어나는 방식에 대해 이야기하려면 삶의 맥락을 이해해야 하고, 그런 방식을 통하여 부분으로 전체를 짐작할 수 있겠지만, 그 모든 건 이미 일어난 일에 대해서만 가능하다. 그래서 지금은 검은 구멍들이다. 손가락 끝에 맺히고 옆구리 안쪽에 돋아나는, 우물처럼 동그랗고 깊은 구멍들이다.

마음이
기울어지니

사랑이 날아오는 슬픔이 여태 황홀하니 안식을 구하기는 글렀다. 무채색의 상념에 마음이 기울어지니 찬란한 일상이 버겁다. 진즉에 꽃은 떨어지고 잔가지들도 부러졌는데 단단하게 맺힌 멍 하나 푸르고 붉다. 사람의 흔적이 남은 시간의 씨줄과 텅 빈 공간의 날줄을 엮는다. 한 사람이 공기를 채운다.

이상하리만치

한 알의, 입을 앙 다문 결정, 이상하리만치 단단하고 동시에 투명한, 완결된 심상, 이를테면 운명이라고 해도 좋을, 그런 것이 있다. 그것에 대해, 나에게 일어난 그 일에 대해, 이미 모든 것을 말한 것 같지만.

아직 어떤 이야기도 하지 않은 것 같지만. 만약 우리가 아무것도 아니었을 때 만났다면, 어떤 부분은 조금 간단했을지도 모르겠다. 다만 생의 난폭한 열정과 그것을 충족하고자 하는 욕망이 전부였다면. 이상하리만치 가깝고 동시에 먼 거리는 나에게 구름처럼 뭉게뭉게 피어오르는 생각을 응시하게 한다. 본질이나 근원, 존재하지 않는 완전함 같은 것들이 생각의 구름 안에서,

어쩌면 내가 알아볼 수도 있을 형체 같은 것을 이루었다가 다시 흩어진다. 본질이라니. 캄캄한 밤하늘을 올려다보며 별의 얼룩을 찾아내려는 것만큼이나 순진무구한 건방짐. 그러나 이런 날에, 이

상하리만치 갑자기 그 거리가 가까워져서 거리 자체가 더 이상 남아 있지 않다고 느껴지는 날에, 한 알의 사과처럼 명징한 결정들을 바라보며,

나는 시간의 힘을 믿어버리고 만다. 시간의 힘을 믿는다는 것은 다시 말해 사랑의 힘에 복종한다는 의미다. 푸른 하늘 아래 구름처럼 사과꽃이 피어나던 그때는 결코 믿지 못했던, 결정(結晶)들의 결정(決定).

모든 것이 자연스러웠고, 모든 것이 단호했다고 말해도 좋을 것이다. 마치 자연이 그러한 것처럼. 꽃들과 구름과 별들은 사람의 일에 대해 무심했으나, 나는 당신에게서 그 모든 것을 보았고 또 간직할 수 있었다고. 변덕스럽고 유약한 생의 파편들 속에서, 이상하리만치 단단하고 투명한, 완결된 무엇을, 당신을 위해, 나는 품고 있다고.

저마다의
이유로

저마다의 이유로 불행한 사람들이, 저마다의 불행을 고백하며, 어째서 자신은 행복과 이렇게 멀어진 길을 가고 있느냐고, 내게 물었다.

나는 인생이 알알이 행복해야 한다고 믿는 사람이 아니어서, 행복을 증거하고 희망을 열거하는 일이 힘겨웠다.

그건 언젠가 네가 행복을 위해 선택한 길이 아니었느냐고, 잔인하게 따져 물을 수도 있었지만, 불행에 깊이 빠져 있는 사람은 아무 이야기도 듣지 않는다는 것을 잘 알고 있었다.

사람은 강하지 않다고, 삶은 행복을 위해 존재하는 것이 아니라고, 사랑은 예고 없이 불어오는 바람 한 줄기에도 나부끼는 것이라고, 누구나 언제든 잘못 생각할 수 있는 거라고, 깃털처럼 가볍게 말할 수도 있었지만, 저마다의 이유에는 어떤 공식도 적용되지 않는다는 것을 이미 알고 있었다.

그리하여 저마다의 이유를 어쩔 수 없이 받아들인 나의 어깨가 조금씩 무겁게 내려앉았고, 불행의 중력에 의해 마음이 끌려갔다.

세상엔 여름이 한창이었고, 상처 입은 동물들이 숨을 만한 동굴은 아무 데도 없었다.

그래도 그건
사랑이 아니라고

너는 심장을 열어 울긋불긋 돋아나는 문신 같은 상처를 내게 보여주었다. 무방비한 너의 손가락은 겁먹은 눈동자에서 흘러나오는 눈물을 더듬고 있었다. 놀라고 황망한 채로 너는 구원을 청했다. 하지만 난, 그런 건 사랑의 증거가 아니라고, 잘라 말했다.

밤이었는지 새벽이었는지, 아무튼 부지런한 태양이 지난밤의 흔적을 낱낱이 드러내기 전, 서둘러 너에게 이별을 고한 그 사람으로 인해, 너는 엉망진창이었다. 나의 단호한 결론에, 변명도 저항도 하지 못하고, 너는 멍한 눈으로 나를 바라보았다. 그래도 너는 나를 믿을 수밖에 없었다. 나는 너보다 오래 살았고, 더 많은 사람을 만났고, 백 년 동안 지속된 사랑을 해본 적도 있기 때문에. 그토록 긴 세월 동안, 나는 너에게 한 번도 거짓을 말한 적이 없었기 때문에. 바로 그 이유로 인해, 너는 시퍼런 칼날에 닿은 듯 소스라쳐서, 몇 번이나 고개를 흔들었다.

나는 흔들림도 없이, 네가 눈물을 그칠 때까지 기다렸다. 나의 위로는 고작 손수건을 건네준 것이 전부였다. 침묵 속에서 내가 더 단단해지고 냉정해진다는 사실을 잘 알고 있는 너는, 한참이 흐른 후에 겨우 기어드는 목소리로, 이것이 사랑이 아니라면 무엇이냐고 물었다.

미안해.

나는 말했다. 사랑 때문에, 아니 사랑과 흡사한 어떤 것 때문에 울 수 있다면, 그것도 나쁘지 않다고, 나에게는 이미 그런 것을 위해 흘릴 수 있는 눈물이 없다고, 그래서 나를 위해서도 너를 위해서도 같이 울어줄 수가 없다고, 하지만 그래도 그건 사랑이 아니라고, 그래서 미안하다고, 설명할 수는 없었다. 다만 그렇게 덧붙였다.

이제 심장을 닫아.

그날 이후부터 매일 밤, 너는 심장의 상태를 내게 보고했다. 내가 비록 차가운 사람이라 해도, 나 외에는 믿을 수 있는 이가 없었으니까. 아니 어쩌면 나의 냉정함이, 네가 살아남기 위해 붙잡아야 할 전부라는 것을 알고 있었으니까.

처음 며칠은 하루 종일 경련이 그치질 않는다고 했다. 나는 걸으라고, 달리라고, 춤을 추라고, 어떻게 해서든 몸을 움직이라고 했다. 너는 내 말을 듣지 않았다. 한낮에도 커튼을 내리고, 방 안의 모든 불을 끄고, 침대에서 나오지 않았다. 일주일쯤 지나자 너는 좌심방에 동굴이나 우물 같은 어둠이 생긴 것을 보았다고 했다. 나는 물을 마시라고 했다. 그것이 동굴이든 우물이든, 비어 있는 것은 채워야 하니까. 무언가를 채우기 위해 물보다 좋은 것은 없으니까. 물은 투명하고, 투명한 것은 사물을 투영한다. 운이 좋으면 때마침 보름달이 떠서 그 어둠 위에 둥글고 노란빛을 비출지도 모르고. 너는 내 말을 듣지 않았다. 동굴인지 우물인지를 자꾸만 들여다보고, 손가락으로 찔러보고, 가까스로 굳어지고 있는 어둠을 들쑤셔 결국 덧나게 만들었다. 그렇게 한 달이 지났을 때, 너는 손톱을 깎고 밖으로 나왔다.

나를 다시 만났을 때, 너는 웃었다. 내 말을 듣지 않았다고 혼내지는 말아달라고 하며. 그건 중요한 게 아니었다고, 견디든 견디지 않든, 지나가는 것들은 지나가는 거라고, 나는 말했다. 너는 고개를 갸웃거리고, 심장을 보고 싶으냐고 물었다. 보지 않아도 알고 있다고, 나는 대답했다. 그리고 한참을 기다렸지만, 어떻게 알고 있느냐고, 너는 끝내 묻지 않았다. 그래서 나는 대답할 수 없었다. 붉은 심장에 문신처럼 남은, 찢기고 긁힌 상처들을, 나 역시 가지고 있다고.

그냥
여기까지였다고

　인연인 줄 알고 묶어둔 매듭이 더듬더듬 풀어지는 것을 보면서도 나는 이 자리에 이대로 가라앉아 있다. 그냥 여기까지였다고 그냥 말을 하면 그냥 여기까지일 것 같아 입을 다물고 먼 곳을 바라본다. 처음엔 달랐으나 도중에 같아졌으므로 앞으로도 여전하리라던 부질없는 믿음이 보풀로 흩어진다. 튼실했던 기억들은 어찌도 이리 연약한 시간 안에 담겨 있었을까. 함께 이정표를 세우며 걸어왔던 길은 어찌 이리 여러 갈래로 갈라졌나. 운명이라 알고 묶어둔 삶이 너덜너덜 해어지는 것을 보면서도 나는 이 자리에 이대로 못 박혀 있다. 돌이킬 수 있을지도 몰라서가 아니라 돌이킬 수 없다는 걸 알아서. 우리는 그냥 여기까지이지만 차마 여기까지일 수는 없어서.

마땅히
그러하여

빛들이 꺼지는 이유를 나는 알지 못한다. 어둠 속에서 한 사람을 만났을 때, 혹은 한 사람에게 발견당했을 때, 저절로 빛이 켜지는 이유를 알지 못하듯. 꺼진 빛들이 어째서 얼룩으로 남는 것인지 나는 알지 못한다. 한 사람이 떠난 후, 삶에 새겨진 그의 흔적이 어째서 파편인 동시에 절경인지 알지 못하듯.

놀라운 일은, 가장 환한 빛이 가장 캄캄한 어둠을 품고 있으며 끝은 시작과 믿을 수 없을 정도로 흡사하다는 것이다. 더욱 놀라운 일은, 함께 걸었던 길이 끝날 때, 누군가 떠나야 하고 누군가 남아야 하는 일이 그토록 당연하다는 것이다. 마땅히 그러하여 그리 되었던 일들이 밝았다 어두워지는 동안, 혹은 빛으로 떠난 사람과 어둠으로 남은 사람의 마음을 헤아리는 동안, 빛과 어둠을 한 몸에 품고 있는 얼룩들이 가까워졌다가 멀어진다. 나를 닮은 누군가가 어느 허공에 새겨지지만, 나는 그 얼굴을 더 이상 알아보지 못한다.

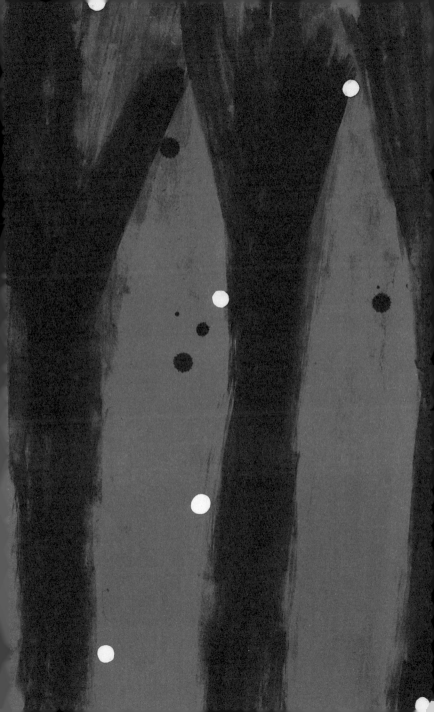

깊은 밤
서쪽

네가 나의 안부를 물었을 때 나는 서쪽에 있었다. 내가 어디에 있든 너는 나를 찾아내었으므로, 나는 놀라지 않았다. 언제나 그랬듯이 장소는 내가 정했고, 언제나 그랬듯이 너는 약속시간보다 이르게 도착하여, 딱딱하고 차가운 돌계단에 앉아 있었다. 긴 여행에서 돌아온 지 일주일이 채 안 되어 머무르는 곳이 없다고 너는 말했고, 더듬거리는 감정을 마비시키기 위해 급히 술을 마셨다. 네가 떠난 줄도 몰랐던 나는, 까닭 없이 가벼운 죄책감이 일어, 너의 빈 잔에 술을 따르고 공연히 안색을 살폈다. 너의 불면은 너의 자의식 때문이라는 내 말에, 너는 동의할 수 없다는 표정을 지었고, 설명할 수 없는 여러 가지 것들 위로 술잔이 오고 갔다. 너는 내 손을 잡았고, 언제나 그랬듯이 나는 뿌리치지 않았지만, 가볍게 오른 취기와 깊어가는 밤이, 예전처럼 친밀함을 가져오지 않음을 깨달았다. 나와 너 사이에 투명한 유리 하나가 들어서고, 나는 자꾸만 팅

겨 나가, 불빛이 하나둘 사라져가는 거리 밖으로 내몰린 기분이었다. 너의 기분은 어떤지 묻지도 않은 채, 지나간 날들을 털고 일어서는데, 문득 눈이라도 내릴 듯이, 세상의 기척이 싸해졌다. 누군가를 너무 오래 기다리게 하는 일을 또 다시 반복할 만큼 더 이상젊지 않아서, 나는 뒤를 돌아보지 않았다. 서쪽으로 돌아오는 길,더 이상 놀라운 일은 일어나지 않을 거라는 약속처럼, 동그란 달하나가 깊은 밤 속에 박혀 있었다.

하늘색
부리로

　작은 새, 작고 빨간 깃털을 가진 새, 작고 빨갛고 하늘색 부리를 가진 새, 말을 걸면 대답해줄지도 몰라, 글쎄, 딱히 얘기할 기분은 아닌데, 라고. 길을 물어보면 대답해줄지도 몰라, 글쎄, 언젠가 가본 적이 있는 것 같은데, 라고. 그곳으로 가는 길이 너무 멀고 험하지는 않을까 물어보면 대답할지도 몰라, 글쎄, 날개가 없다면 그럴지도 모르지, 라고. 그곳에 무언가 특별한 것이 있느냐고 물어보면 대답할지도 몰라, 글쎄, 모든 것이 특별할 수도 있고 아무것도 특별하지 않을 수도 있으니까, 라고. 작은 새, 작고 빨간 깃털을 가진 새, 작고 빨간 깃털과 하늘색 부리를 가진 새, 무심하게 무덤덤하게 그러나 신중하게 말을 고르며, 나를 짐작해볼지도 몰라. 나에게 중요한 것이 자신에게도 중요한지, 내가 원하는 것을 자신도 원하는지, 어쩌면 나를 행복하게 해주는 것이 자신에게도 행복한 일이 될지. 한 번쯤 생각해볼지도 몰라. 만약 나와 함께 길을 떠난다면

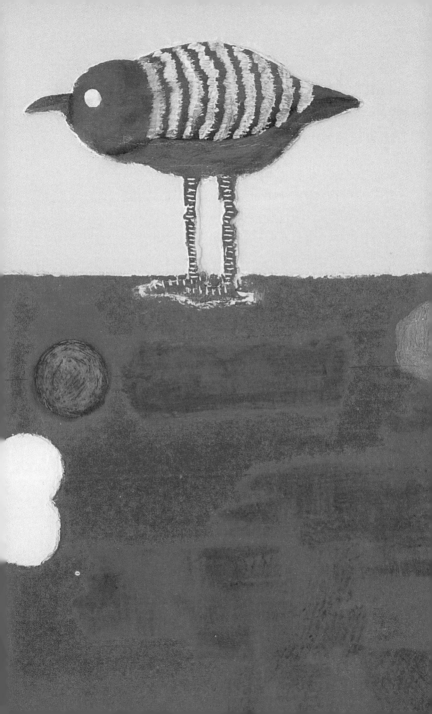

어떨까, 하고. 친구가 되는 일은 언제나 어려운 거라고, 하지만 한 번도 가보지 않은 길을 가는 것만큼이나 멋진 일이라고, 하늘색 부리로 조그맣게 중얼거리면서.

그런 것들이
쌓여

    한때 가까웠던 사람이 멀어진다. 나란하던 삶의 어깨가 조금씩 떨어지더니 어느새 다른 길을 걷고 있다.

    특별한 일이 생겨서라기보다 특별한 일이 없기 때문인지도 모른다. 마음이 맞았다가 안 맞게 되었다기보다, 조금씩 안 맞는 마음을 맞춰 함께 있는 것이 더 이상 즐겁지 않기 때문인지도 모른다. 이쪽이 싫기 때문이 아니라 저쪽이 편안하기 때문인지도 모른다. 한때 가까웠으므로 그런 사실을 털어놓기가 미안하고 쑥스럽기 때문인지도 모른다.

    그래서 어쩌다 만나면 서로 속내를 펼쳐 보이는 대신 겉돌고 맴도는 이야기만 하다 헤어진다. 삶이 멀어졌으므로 기쁨과 슬픔을 공유하지 못한 채 멀어진다. 실망과 죄책감이 찾아오지만 대단한 잘못을 한 건 아니므로 쉽게 잊는다.

    그런 일이 반복되고, 어느 날 무심하고 냉정해진 자신을 발견하

고 깜짝 놀라기도 하지만, 새삼스럽게 돌아가기에는 이미 멀리 와
버렸다.

    삶이란 둘 중의 하나,

    이것 아니면 저것.

    그런 것들이 쌓여 운명이 되고 인생이 된다.

화가 날 정도로
깊은

　그날, 밤의 하늘에는 별이 없었다. 달도 없었다. 하지만 비가 내렸다. 거리는 고요했고, 드문드문 검은 우산을 쓴 형체들이 지나갔지만, 그들은 세계에 무관심했다. 올곧은 빗줄기들이 내리꽂히는 곳마다 웅성웅성 물의 웅덩이가 생겼고, 그 위로 가로등의 빛이 쏟아졌다. 가지에서 떨어진 노란 은행잎들은 물웅덩이 안에서 헤엄을 치듯 이리저리 흔들렸다. 나는 자꾸만 은행잎을 밟고 미끄러졌다. 너는 왼손에 들고 있던 우산을 오른손으로 옮겨 쥐고, 자유로워진 왼손으로 나의 오른쪽 팔꿈치를 살짝 잡았다. 내가 가방 속에 들어 있는 나의 우산을 꺼낼까 말까 망설였던 시간이 네가 너의 우산을 펼친 시간보다 길었기 때문에, 나의 왼쪽 어깨와 너의 오른쪽 어깨는 이미 젖어버렸다. 그 모든 말들보다 높은 밀도를 지닌 침묵이 우리 사이를 치밀하게 파고들었다. 만약 이 사람을 사랑하게 된다면, 너는 이 사람을 사랑하는 너 자신에게 배신을 당할 거야. 본

능이 날카롭게 내뱉었고, 나는 균형을 잃지 않으려고 걸음 하나하나에 힘을 주었으므로, 곧 지쳐버렸다. 그날, 하늘의 별들이 반짝이는 빗방울로 떨어지고, 동그란 물웅덩이마다 달빛 같은 은행잎들이 소복하게 들어차버렸으므로, 나는 너로 인해, 너는 나로 인해 더 이상 안전하지 않았다. 운명은 필요 이상의 친밀함을 허용하지 않으며, 그것을 거역할 용기는 우리의 것이 아니었다. 그러나 어쩌다 우리의 역사에 어떤 풍경이 문신으로 새겨졌을까. 화가 날 정도로 깊은 가을이었다, 라는 문장을 꼭꼭 눌러쓰는 것으로 충분하지 않은, 그해 가을이.

9

Who am I?

5

이어지다

묘지를 향해 걸어갈 때 착한 참새들이 따라왔다. 역사를 쓰기에는 짧았으나 슬픔에 잠기기에는 충분히 길었던 길이었다. 이제 남은 것은 맥이 빠질 정도로 탁 트인 풍경이다. 발바닥에 닿는 감촉은 갓 구운 빵처럼 말랑하고, 숨을 고르고 싶을 때마다 걸터앉기 좋은 바위들이 보인다.

해변에서의 하루가 있었다. 은빛 비늘을 가진 어린 물고기들은 작은 아이들의 손바닥을 간질이고 금빛의 부드러운 모래는 끝도 없이 뻗어 있었다. 수평선 너머로 해가 지면 지평선 위로 달이 떠올랐다. 삶은 동그란 공처럼 친밀했고 영혼은 따뜻한 물 안에 잠겨 있었다.

무엇이 어디에서부터 잘못되었을까. 조금씩 어긋나던 대화들과 함부로 뱉어냈던 나쁜 말들, 주저함과 망설임, 질문을 아끼고 감탄사를 절약하려던 시도들, 시들해지고 나른해지고 탁해진 것들로 인해 삶의 관절이 뚝뚝 끊어지던 소리가 지금도 기억난다. 어쩌면 해변에서의 그 완벽했던 하루가 시작일지도 모른다. 그날 이후, 보이는 것들이 희미해지고 들리는 것들이 아득해졌다. 완벽함은 영원하지 않고, 영원함은 완벽하지 않으므로.

길의 끝이 보이고 날이 저문다. 이런 세계라서, 이렇게 유한하고 이렇게 아름다운 것이 세계라서 미안하다는 듯, 참새들은 머뭇거리며 주위를 맴돈다. 그리고 길은 어디로 이어지나. 어쩌다 끊어진 것들, 처음부터 따로 존재하던 것들은 어떻게 서로 잇대어지나. 단절되지 않고 흘러가는 법을 여태 배우지 못했는데, 어떻게 여정을 끝내고 무엇으로 남겨지나.

벌
리
다

갓 내린 커피는 포트에 가득 넣어두었다. 식탁에는 꽃을 놓았고 창은 반쯤 열려 있으니 신선한 공기가 드나들 것이다. 유리창은 말 갛게 닦았고 종이와 플라스틱은 따로 분리하여 끈으로 묶었다. 지 갑도 전화기도 두고 나왔다. 몸의 리듬에 맞춰 그는 걸음을 옮긴 다. 가볍게, 침착하게, 부드럽게, 물고기가 강의 흐름을 타고 바다 로 흘러가듯, 걸어간다.

어딘가에 묶여 있지 않으면 갈피를 잡을 수 없던 때가 있었다. 그러나 튼튼한 매듭으로 강둑에 묶여 있는 나룻배라 해도 흔들리 지 않을 수는 없었다. 바람에 몸을 뒤척이는 물의 탓이다. 매듭을 끊고 강으로 흘러 들어가는 일을 꿈꿀 때마다, 마음속에 촛불이 출 렁였다. 초는 갈수록 짧아져갔고 심지는 점점 검어졌으므로 결심 을 더 이상 미룰 수는 없었다.

여자는 달콤하고 나른했다. 솜이나 고무로 만들어진 것처럼 말

랑거렸다. 낭창낭창 감겨드는 여자의 온도가 싫은 건 아니었다. 하지만 한밤중에 잠에서 깨어나 자신의 허리를 휘감고 있는 여자의 다리를 느낄 때면, 그는 아무 이유도 없이 화가 났다. 자신의 생이 담쟁이덩굴 같은 것에 감겨 있는 기분이었다.

걸음을 돌릴 지점은 정해두지 않았다. 어디를 가겠다거나, 무엇을 보겠다는 목적도 없다. 지금은 다만 오른발과 왼발을 번갈아 옮겨, 간격을 벌리겠다는 의지만 있다. 한동안 여자는 괜찮을 것이다. 갓 내린 커피를 포트에 가득 넣어두고 왔으므로. 한동안 그도 괜찮을 것이다. 멀리 숲이 보이고, 일상은 그의 등 뒤로 착실하게 멀어지고 있으므로.

지
키
다

　한 무리의 벌떼가 날아와 얼굴을 뒤덮는 지난밤의 꿈은 흉몽인가 길몽인가를 점쳐보며, 여자는 손가락으로 얼굴을 더듬는다. 냉정하고 치명적인 생명들의 기척이 아직도 느껴진다. 수백 개의 다리가 눈과 입, 귀와 뺨 사이를 기어 다니는 동안, 여자는 꼼짝도 할 수 없었다. 벌들에게 악의는 느껴지지 않았다. 그러나 타인에 대한 관심 또한 손톱만큼도 없었다. 근육의 사소한 비틀림이 그들을 자극할 것 같아, 입술 사이로 천천히 호흡을 내뱉으며, 여자는 꿈에서 벗어날 때를 기다렸다. 자신이 살아 있음을 감지하는 순간, 그들이 공격을 시작할지도 모를 일이었다.

　여자가 눈을 떴을 때 집은 텅 비어 있었다. 방을 가로지른 발자국도, 벽을 통과한 흔적도 없이, 남자는 사라졌다. 그 뒤에 남은 것은 포트에 가득 찬 따뜻한 커피, 반쯤 열린 창문, 불어오는 바람에 흔들리는 꽃, 말간 유리창, 그리고 결심처럼 또렷하게 끈으로 묶인

종이와 플라스틱이다.

남자는 세심하고 다정했다. 뿌리 깊은 나무처럼 의지가 되었다. 하지만 한밤중에 잠에서 깨어나, 허리에 감긴 자신의 다리를 물리치고 돌아눕는 남자의 등을 바라볼 때면, 여자는 이유 없이 심장이 뛰었다. 남자에게 감겨 있는 자신의 생에, 적당하게 아늑하고 적당하게 가지런한 그 삶에 새로운 피가 도는 기분이었다. 흐물흐물 형체를 잃고 갈수록 말랑해지는 자신의 시간들이, 초점을 맞춘 카메라 렌즈처럼 선명해지는 느낌.

보낼 마음은 없었으나 붙잡을 마음도 먹지 않았다. 기다리겠다거나 찾아 헤매겠다는 다짐도 없다. 지금은 다만 홀로 남겨져, 간직할 것도 지울 것도 없는 텅 빔을 지킨다. 그가 남긴 유산을, 그가 이룬 성을, 그가 그어둔 선을 지킨다. 그와의 약속을, 자신의 분수를, 두 사람 사이의 예의와 질서를 지킨다. 침묵과 비밀을, 중립을, 간격을 지킨다. 집을 지키고 자리를 지킨다. 한 무리 벌떼의 공격을 받는 사람처럼, 입술 사이로 새어 나오는 호흡을 삼키며. 이것이 흉조인지 길조인지 점쳐보면서.

묻
다

　오후 네 시 시보와 브람스 교향곡 4번 사이에 생각의 계단이 일곱 개쯤 있었다. 내가 1악장의 선율을 떠올렸을 때 시계는 네 시 사초를 가리키고 있었으니, 나는 사 초 만에 일곱 개의 계단을 주파한 것이다. 세 번째 혹은 네 번째 계단쯤에 네가 있었으나 너는 내게 더 이상 아름답지 않았으므로, 나는 기억의 안색을 살피지 않고 그냥 지나쳤다. 그러나 네가 잘 알고 있는 것처럼, 브람스는 자신의 교향곡 4번 1악장에 위태로운 상승과 처연한 하강의 멜로디를 교차해놓았기 때문에, 나는 어쩔 수 없이 몇 계단을 올라갔다가 몇 계단을 내려가는 일을 반복해야 했다. 십일월이었고 강가에서 불어오는 바람에는 첫눈의 흔적이 묻어 있었다.

　내가 네게 어떤 여자였는지 지금도 나는 알지 못한다. 그해 여름은 진저리가 날 정도로 더웠고 습했다. 너는 오래도록 갈증에 시달린 사람처럼 성급했고 네가 가져온 시간의 뭉치들은 각이 졌거

나 갈라져 있었다. 나는 겁이 났지만 뻔한 여자처럼 굴고 싶진 않았다. 뻔한 여자. 말하자면 진심을 보여주지 않는 여자. 그러면서 진심을 말해달라고 조르는 여자. 모든 것을 물어보는 여자. 당신은 누구냐고, 당신에게 나는 무엇이냐고, 우리는 어디에 있는 거냐고, 그리고 이제 어디로 갈 거냐고.

내가 단서를 찾지 못하는 사이, 너의 눈빛은 차가워졌다. 너무 가까웠던 것들, 너무 빨랐던 것들, 너무 이질적이었던 것들에 묻혀 머뭇거리는 사이, 너는 멀어졌다. 옷에 묻은 흙을 털듯, 대단치 않은 기억들을 털어냈다. 마른 땅을 헤치고 동물의 주검을 묻듯, 토막 난 기억을 묻어버리라고 내게 명령했다. 그래도 나는 묻지 않았다. 왜, 라는 부사를 쓰지 않았다. 다만 소파에 몸을 묻고 그 위태로운 상승을 수용했다. 어떤 사실은 진실이 될 수 없고 어떤 진실은 사실처럼 보이지 않는다는 진리를 다시는 잊지 않기 위해, 그 처연한 하강을 간직했다. 일곱 개의 계단을 사 초 만에 뛰어오를 수 있도록. 그 계단 어디쯤에 있을 너에게 두 번 다시 주의를 기울이지 않을 수 있도록.

기
대
다

　벽을 등지고, 웨이터는 그림처럼 서 있다. 시선이 닿는 곳에 책을 읽고 있는 여자가 있다. 커피 한 잔을 주문하고, 한 시간째 앉아 있다. 한가한 모퉁이에 자리한 레스토랑인지라, 그런 손님이 적진 않다. 하지만 웨이터는 여자의 앞자리에 놓인, 빈 의자의 뒷모습이 불편하다. 가죽과 자작나무로 만들어진 의자다. 원래는 짙은 밤색이었지만 세월을 견디며 연한 갈색이 되었다. 웨이터는 그 의자에 앉아본 적이 없지만, 손님들은 좋아했다. 등받이의 굴곡이 자연스럽고 편안해서 누군가에게 폭 안기는 기분이 든다던 그 남자는, 매주 수요일 이 시각에 그 의자에 앉아 있었다.

　섣부른 짐작과 간섭은 자신의 몫이 아니었으므로, 웨이터는 호기심을 지운 얼굴로 정면을 바라본다. 무심코 허공을 더듬던 시선이, 문득 고개를 든 여자와 마주친다. 여자는 난감한 미소를 짓고 잔을 들지만, 커피는 이미 다 마셔버렸다. 커피를 더 드릴까요. 눈으로 묻는 웨이터에게 여자는 살랑살랑 고개를 흔든다. 웨이터는 사려 깊게 고개를 끄덕이고 빈 의자와 여자 사이의 어디쯤으로 시선을 옮긴다. 약속시간은 이미 지났을 것이다. 여자는 다시 책에 고개를 묻었지만 페이지는 넘어가지 않는다.

그 남자는 괜찮은 목소리를 갖고 있었고, 팁이 후했다. 대화를 주도하는 건 언제나 그 남자였고, 여자는 그에게 시선을 고정시킨 채 작은 새처럼 고개를 갸웃거렸다. 그 남자는 늘 갈색의 가죽의자에 앉았고, 여자는 딱딱한 나무의자에 앉았다. 웨이터가 서 있는 곳에서 여자는 정면으로 보이고, 그 남자는 뒷모습만 보였다. 먼저 와서 기다리는 건 여자였고 계산을 하고 먼저 일어나는 건 남자였다. 그때마다 여자는 불시에 습격을 당한 사람처럼 어리둥절한 얼굴로 맞은편의 빈 의자를 바라보다가, 남자의 재촉에 못 이겨 몸을 일으켰다. 그런 일이 매번 되풀이되는 것을 제외하고는, 어디서나 볼 수 있는 평범한 커플이었다.

다시 고개를 든 여자는 신기한 것을 보는 듯한 표정으로 빈 의자를 응시한다. 여자의 깊은 눈동자가 순간적으로 휘청, 흔들린다. 혹시 울어버리는 건 아닐까 하고 웨이터는 긴장한다. 하지만 여자는 스스로를 납득시키듯, 가만히 고개를 끄덕인다. 급작스러운 충동에 휩쓸려, 웨이터는 뜨거운 커피포트를 들고 여자의 테이블로 걸어간다. 몽글몽글 솟아오르는 김이 두 사람의 시야를 가로막는다. 마치 안개 너머에서 들리는 것처럼, 희미한 여자의 목소리가 그 사

이를 파고든다.

"인생은 B와 D 사이의 C라고 말한 사람이 사르트르였나요."

몸에 배인 습관과 일생을 지켜온 규칙을 무시하고, 웨이터는 비어 있는 의자를 살짝 빼낸다. 여자는 읽던 책을 덮고 일어나 테이블 반 바퀴를 돌아, 갈색 의자에 앉는다. 여자가 앉기 직전에 웨이터는 능숙한 동작으로 의자를 밀어 넣는다. 여자는 등받이의 부드러운 굴곡에 등을 기댄다. 오랜 세월 동안 누군가를 받쳐온 그 힘이 의지가 된다.

여자는 따뜻한 커피를 한 모금 머금고, 조금 전까지 자신이 앉아 있던 자리를 물끄러미 바라본다. 웨이터는 미끄러지듯 유연하게, 여태 서 있던 자리로 돌아간다. 벽을 등지고, 그림처럼 서서, 여자가 앉아 있는 의자의 뒷모습을 본다. 멈춰 있던 시간이 다시 움직이고, 비어 있던 것들이 조금씩 차오른다. 그렇다. 인생은 Birth와 Death 사이의 Choice다. 잠깐 길을 잃었어도, B와 C 사이에 있다.

멎
다

귀를 기울이면, 당신이 걸어가는 길이 들린다. 늦은 가을이고, 대기는 중력을 벗어난 듯 높고 투명하다. 햇볕을 듬뿍 받고 잘 마른 빨래처럼 당신의 마음은 보송보송하다. 이런 방식의 강인함을 얻기까지, 오랜 시간이 걸렸다.

젊은 시절에 당신은 무겁고 싶었다. 무의미한 빈칸들을 의미로 채우기 위해 한밤에도 또렷한 의식으로 무장하고 마음의 날을 벼렸다. 말랑한 것들, 흔들리는 것들, 녹아내리는 것들을 당신은 참을 수 없었다. 당신의 세계는 반듯하고 단단하고 반석처럼 굳건해야 했다. 한눈 한 번 팔지 않고 당신은 일직선으로 그어진 길을 걸었다. 흐트러짐 없는 발걸음으로, 휘날림 없는 옷자락에 싸여, 이르는 곳마다 선명한 흔적을 남기면서.

그러던 어느 날 당신은 무엇을 만났다. 누군가를 만났을지도 모른다. 어쩌면 그건 어떻게, 일 수도 있고 어딘가, 일 수도 있고 왜,

일 수도 있다. 그날부터 당신의 마음은 금이 가고 당신의 날들은 휘영청, 기울어졌다. 길들이 뒤섞이고 사방에서 불어오는 바람이 자꾸만 당신을 나부끼게 했다. 앞만 보고 걸어가던 당신이 멎은 건 그때였다. 그때를 기다렸다는 듯이, 문득 세계가 웅성거리기 시작했다.

귀를 기울이면, 당신이 걸어가는 길의 붉고 푸른 나뭇잎들이 몸을 뒤척이는 소리가 들린다. 당신은 자주 걸음을 멈추고 햇볕과 바람에 마음을 말린다. 강인하다는 것은 가벼울 대로 가벼워져서 투명해지는 것, 중력을 벗어나 날아오르는 깃이라는 것을 배울 때까지, 오랜 시간이 걸렸음을 상기한다. 의미로 가득 찬 칸들을 하나씩 지워가며 당신은 아득한 행복에 빠진다. 그 한순간에, 세계가 멎는다. 그리고 그 순간은, 당신의 심장에, 영원으로 기록된다.

감
추
다

"찬란하게 피어 있는 동안에는 알지 못했다. 불꽃같은 심장이 맹세를 늘어놓을 때, 시퍼런 청춘이 가쁜 숨을 몰아쉬며 전력으로 질주할 때, 눈길 닿는 곳 어디에나 흘러넘치던 색채들. 꽃들이 품고 있던 생기와 수분. 문을 열기도 전에 코끝에 와 닿던 와인의 향기. 따뜻한 사람과 함께 보냈던 한겨울의 밤들. 선한 농담들과 왁자지껄한 웃음소리. 소란스럽게 부딪치던 잔들의 즐거운 떨림. 알 수 없었다. 생명이 활짝 열려 있던 그때는."

관객들이 마지막 대사의 여운에 잠겨 있을 때, 무대를 내려가던 여배우가 비틀, 몸의 균형을 잃었다. 깜짝 놀란 사람들이 어어, 핫, 저런, 같은 탄성을 발하자 여배우는 천천히 몸을 추스르고 허리를 구십 도로 꺾어 우아하게 인사를 했다. 그 아름다운 동작과 관객들의 갈채 위로 막이 내려왔다. 객석에 앉아 있던 그는 실소를 머금었다. 여전하군. 자리에서 일어나며 그는 생각했다. 참으로 일관성이 있는 여자야. 무릎 위에 놓여 있던 팸플릿이 툭 떨어졌지만 그냥 내버려두었다.

그가 여배우와의 결혼을 발표했을 때, 친구들은 재미있어했고 가족들은 얼굴을 찌푸렸다. 어머니는 아무 말도 하지 않았지만 자리를 펴고 누워 온몸으로 시위를 했다. 그러나 그는 그런 데 신경을 쓸 여유가 없었다. 여배우는 흑백처럼 단조로운 그의 일상에 불현듯 나타난 신비였고 미스터리였다. 허니문은 길었고 매일매일 새로운 일이 일어났다. 베니스에서도, 피렌체에서도 여배우는 찬란하게 피어 있었다. 지나가던 사람들의 걸음을 멈추게 하는 여자는 아니었다. 무관심하게 스쳐 간 이들이 문득 뒤를 돌아보고, 지금 막 소중한 무언가를 놓쳤다고 느끼게 하는 여자였다. 그들은 여배우의 뒷모습이나 그림자를 눈으로 좇으며, 한숨을 내쉬었다. 생기와 수분과 향기와 온기로 가득 찬 시간을 보내고 홀로 돌아와, 무거운 코트를 벗어던질 때 무심코 내뱉는, 그런 종류의 한숨이었다. 그때마다 그는 자부심으로 끓어올랐다. 남들이 놓쳐버린 보석을 기어코 움켜쥔 것이다.

여배우는 오만하고 영리했고, 연약하고 순진했다. 늘 어딘가에 부딪치거나 무언가에 걸려 넘어졌다. 속마음을 말하지 않았고 양파처럼 여러 겹의 껍질을 두르고 있었다. 길지 않은 결혼생활 동안 그는 항상 안달이 나 있었고 숨이 찼다. 불꽃같은 심장으로, 시퍼런 청춘의 힘으로 벼랑 끝까지 몰아붙여도 여배우는 베일을 벗지 않았다.

그는 떠날 수밖에 없었다.

여배우가 스크린을 떠나 무대로 돌아온 건 그 직후의 일이었다. 초대장에는 자신의 이름이 딱딱한 서체로 찍혀 있었다. 여자는 여전히 신비로웠고 향기로웠다. 마지막 대사를 할 때는 심장이 조여들 정도로 애틋했다. 어쩌면 진심일지도 모르겠다고, 그는 생각했다. 하지만 여자가 비틀, 하고 균형을 잃었을 때 정신이 번쩍 들었다. 하마터면 또 속을 뻔했어. 중얼거리며 그는 계단을 내려가 불빛들이 번쩍거리는 거리로 발을 내디뎠다. 여배우가 안간힘으로 감추고 있는 것의 실체를 비로소 알 것 같았다. 누구도 찾아내지 못하도록 숨겨놓은 것, 누구도 알아차리지 못하도록 가려놓은 것은 감춘다는 행위 그 자체였다. 부딪치고 넘어지고 비틀거리며 자신의 감춤을 슬쩍 과시하는 것이 여자의 방식이었다. 나는 이렇게 연약하고 순진해서 언제 들킬지 모른다는, 운이 좋으면 당신도 그 자리에 있을 수 있다는 유혹이다. 베일을 벗으면 틀림없이 아무것도 없을 것이다. 그래도 여자는 썩 괜찮은 배우라고, 그는 생각했다. 빛은 어둠을 감추고 생명은 죽음을 감춘다. 사람들은 웃음소리 뒤로 슬픔을 감춘다. 그것을 찾아내고 알아차리는 것은 나중에 해도 된다. 꽃들이 시든 후에, 와인의 향이 날아간 후에, 혹은 신비하고 미스터리한 어느 여자와 이별한 후에.

붙
잡
다

　슈트케이스는 크지 않다. 이틀이나 사흘 정도 머무를 예정으로
가볍게 꾸린 짐처럼 보인다. 에이가 코트를 입을 때까지 비는 침대
에 누워 천장만 바라보고 있다. 현관을 향하다가, 에이는 기어이
먼저 입을 연다.

　_ 할 말 없어?

　비는 흐느적거리며 몸을 일으키고 멍한 표정으로 우물거린다.

　_ 어디로 가는 거야?

　질문이 잘못되었다고 에이는 생각한다. 어디로 가는 거야, 가
아니라 왜 가는 거야, 라고 해야 한다고. '어디로'는 중요하지 않다.
네가 없는 곳이라면 어디라도 상관없다고 말하고 싶다. 하지만 그
대답은 꽤 매몰차게 들릴 테고, 돌이킬 수 없게 될 것이다. 비의 심
장에 칼날을 박아 넣는 걸로 마지막 순간을 기억하고 싶진 않다.

　_ 뭘 할 거야?

대답 대신, 에이는 묻는다. 대화를 나누자는 질문이 아니라고, 비는 생각한다. 뭘 할 거야, 가 아니라 어떻게 할 거야, 라고 물어야 한다고. '뭘'은 중요하지 않다. 에이가 없다면 뭘 해도, 혹은 하지 않아도 의미가 없다고 말하고 싶다. 하지만 그 대답은 너무 간절하게 들릴 테고, 그것으로 돌이킬 수 있는 것도 없을 것이다. 에이를 붙잡고 늘어지는 걸로 마지막 순간을 기억하고 싶진 않다.

대답을 회피하며, 두 사람은 머뭇거린다. 머무를 이유를 더듬거리며 에이는 발끝을 내려다보고, 붙잡을 이유를 굴려보며 비는 천장을 올려다본다. 그러나 발끝에도 천장에도 적당한 구실이 없다.

_ 나머지 짐은…

마침내 몸을 돌리는 에이의 등에 대고, 비가 말한다.

_ 알아서 해줘.

에이는 들릴 듯 말 듯한 목소리로 내뱉고 문을 연다.

이별이 이렇게 쉬운 거였나. 덜컥, 경쾌하게 문이 닫히는 소리를 들으며 에이는 생각한다. '어디로'라는 비의 질문은, 나머지 짐을 어디로 보낼까, 라는 거였다고, 뒤늦게 깨닫는다. 아니 깨달았다고 믿는다.

이런 건 이별이 아니야. 찰칵, 경쾌하게 문이 잠기는 소리를 들으며 비는 생각한다. '뭘'이라는 에이의 질문은, 이제 내 짐을 정리할 거지, 라는 거였다고, 뒤늦게 깨닫는다. 깨달았다고 믿는다.

에이는 쓰러지지 않으려고 슈트케이스를 단단히 쥐고 걸음을 옮긴다. 비는 흔들리지 않으려고 침대 모서리를 단단히 잡는다.

아무것도 달아나지 못하도록, 두 사람은 이별을 붙잡는다.

매
달
다

 이제 어디로 가요, 하고 나는 묻지 않는다. 그런 걸 일일이 묻지
않는 삶을 살기 위해 제법 애를 써왔다. 그저 여기는 어디였구나,
정도만 마음에 담아둔다. 같은 뿌리에서 나고 자라 같은 색깔과 같
은 무늬를 가진 것들, 다른 뿌리에서 나고 자라 다른 색깔과 다른
무늬를 가진 것들을 알알이 기억하려 한다. 응, 그래, 너는 그렇게
태어났구나, 아, 그래, 너는 그렇게 자랐구나, 바람과 햇살을 그렇
게 맞고 그렇게 견뎠구나, 시간의 미세한 결들에 그런 흔적을 남겼
구나, 하고 다정하게 말을 걸어보고, 홀로 잠든 밤들과 서로 기대
고 부대낀 낮들의 기특함을 만져보려 한다. 누구에게나 무엇에게
나 익어가는 시간은 아득하다. 그 길고 막연한, 무한하고 유한한
외로움을 너무 쉽게 잊지 않으려고 한다. 오래된 존재들의 찰나를,
그 인상을 소박한 표식으로 만들어 일상의 벽에 매달아두고, 제자
리로 돌아가려 하는 힘과 앞으로 나아가려 하는 힘을 가늠한다. 아

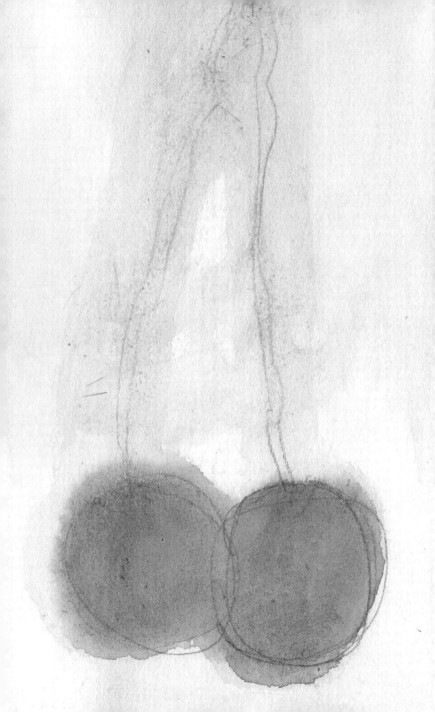

무도 고통스럽지 않은 밤이었으면 하나 누군가는 아플 것이다. 단단하고 차가운 것들, 얼음이나 냉담 같은 것들이 못을 박고 생채기를 낼 것이다. 그러한 것들이 조금씩 녹아 언젠가는 사라질 수도 있을 거라고 믿어본다. 내일은 모르겠으나 적어도 오늘은. 오늘만은. 지나치게 차분하고 지나치게 얌전하고 지나치게 격식을 갖춘 우리 사이가 발효되거나 발화되거나 발현되기 위해 흐물흐물 풀어질 수도 있을 거라고.

모든 이야기는 하다 말고 모든 생각은 하다 말고 모든 삶은 살다 마는 것이므로, 그것 또한 그렇기도 하고 아니기도 한 것이므로, 그렇기도 하고 아니기도 하다는 것 자체도 그렇기도 하고 아니기도 한 것이므로, 너무 많은 생각에 마음을 묶어두지 않으려 한다. 풀지 못한 오해와 사과하지 못한 잘못과 좀 더 용감하게 굴지 못해 잃어버린 것들이 있으나 대체로 괜찮은 삶이다. 그래서 이제 어디로 가요, 하고 나는 묻지 않는다. 조금만 더 여기 매달려 있게 해달라는 기도만으로, 당신을 사랑한다. 사랑하고 소유한다.

날
다

푸드덕, 날갯짓 소리에 그는 감고 있던 눈을 반쯤 뜬다. 종종종, 새의 걸음걸이는 언제나 부주의하고 산만하다. 벌레를 쪼는 부리의 움직임도 조급하기만 했지 도무지 품위가 없다. 날아다닌다는 행위의 위대함과 날아다니는 것들의 부산함, 그 모순을 일치시키는 법을 구하지 못해 요즘 그는 머리가 지끈거린다.

새를 관찰하기 시작한 지 일주일이 지났다. 기어 다닌다는 행위의 비루함과 기어 다니는 것들의 우아함이 어째서, 어떻게, 왜 동일한가를 고심하다가 날아다니는 것에 눈길을 주게 되었다. 느리게 꼼지락거리는 삶에 익숙하고 만족하는 달팽이들도 많았지만, 불행히도 그는 철학자로 태어났다.

철학 즉 philosophy의 어원은 '지혜에 대한 사랑'이다. '철학의 특수한 기능은 어떤 사회 구성체의 개인에게 당시 사회에, 특히 그 계급의 역사적 과제와 목표에 부합되게 사고하고 행위할 수 있도록 포괄적이고 근거 있는 세계관적 방향성(→세계관)을 제공하는 데 있다'고 철학사전은 정의하고 있다. 그러니까 철학적 달팽이에게는, 모든 달팽이들이 그들의 역사적 과제와 목표에 걸맞은 사고와 행동을 할 수 있도록, 제대로 된 세계관을 제시해야 할 의무가 있다. 그 의무를 위해 지혜를 사랑하는 본능을 타고난 것이다.

자신의 일거수일투족을 주시하는 관찰자의 시선에는 아랑곳없이, 새는 맹한 눈동자를 반짝이며 고개를 까닥인다. 그 정도는 나도 다 알고 있다고 건방을 떠는 것 같아 달팽이는 기분이 나빠진다. 지혜를 사랑하는 것은 아름다운 일이지만 느려터진 동작으로 새와 달팽이의 차이점을 열거하는 것은 지루하기 짝이 없는 일이다. 그러나 지루함에 관한 한, 달팽이를 능가하는 존재는 흔치 않으므로, 흐늘거리는 근육을 자부심으로 채우고 그는 기록을 계속한다.

이를테면 새는 빠르고 달팽이는 느리다고.

이를테면 새는 날아다니고 달팽이는 기어 다닌다고.

이를테면 새는 공중에서 이동하고 달팽이는 땅 위에서 움직인다고.

공중에서 빠르게 날아다니는 것과 땅 위에서 굼뜨게 기어 다니는 것의 공통점을 찾을 수 있다면, 각각의 존재가 끌어안고 있는 모순을 논리적이고 체계적으로 해명할 수도 있을 것 같았다. 만약 그것이 가능해진다면, 철학적 달팽이는 대중적 달팽이들에게 세계관을 제시해줄 수 있을 테고, 권위와 존경을 얻어낼 수 있을 것이다.

그런 생각에 빠져 잠시 한눈을 파는 동안, 새는 종종걸음으로 사방을 휘젓고 다니며 끝없이 벌레를 사냥한다. 존재의 모순 따위에는 관심도 없는 녀석. 달팽이는 험한 말을 내뱉으며 꼼지락꼼지락 새를 향해 다가간다. 그동안 열심히 분석을 했으니 이쯤에서 몇 마디 대화를 시도해봐야겠다고 생각한다. 멍청한 녀석이라도 날아다니는 기분 정도는 설명해줄 수 있을 거라고 기대한다.

　　부지런히 움직여 새의 코앞에 도착한 달팽이가 막 입을 열려는 찰나, 새는 고개를 갸우뚱하고 부스스 날개를 펴더니 푸드덕, 날아간다. 철학적 달팽이의 고뇌, 존재의 모순에 대한 의문, 세계관에 대한 갈망도 함께 날아간다. 부주의하고 조급하게, 어지럽고 산만하게. 경악한 달팽이가 눈을 감았다 뜬 사이, 새는 벌써 태평양 상공을 날고 있다.

닦
다

세계는 끝없이 몸을 비틀어, 형태와 색채를 바꾼다. 변화를 감
지한 존재들의 웅성거리는 침묵이 켜켜이 쌓인 빈자리마다 들어선
다. 어제까지 존재했던 생명이 오늘 사라졌으므로, 세계가 어제와
같을 수는 없다고 그는 생각한다. 세계는 비어야 하고, 환해야 하
고, 애도 속에 흔들려야 한다고 생각한다. 만약 부재의 자리가 감
춰지고 사라진다면 존재는 아무런 의미도 없다고, 삶과 죽음은 낡
아지고 부서지고 버려질 거라고, 우리의 영혼은 텅 비어버릴 것이
라고 생각한다. 그래서 그는 깨끗한 천으로, 고운 질감의 사포로,
부지런히 세계를 닦는다. 엎질러진 실수를, 실수가 남긴 얼룩을,
얼룩진 마음을 닦는다. 광기가 남긴 물기를 훔치고 뻔뻔한 욕망을
문질러 지우고 마지막 희망에 윤기를 낸다. 관계와 관계 사이를 메
우고 울퉁불퉁한 자만과 자학을 다진다. 사람들은 애를 쓰는 그를
이해하지 못한다. 그들은 그냥 벗겨내거나 깎아내거나 잘라내라고

Berlin
이이

말한다. 시간을 들이고 공을 들이는 일들은 사람들을 불편하게 만든다. 그런 일들이 자신들의 삶을 무의미하게 만들기 때문에, 그런 일들은 무의미하다고 믿는다. 그래도 그의 신념은 변함이 없다. 잘 마른 천으로 충고를 닦고, 조각난 사포로 비난을 닦는다. 그의 손 끝에서 세계는 몸을 비틀고, 형태와 색채를 끝없이 바꾼다. 완성되기를 완강하게 거부하며. 영원히 고정되지 않기 위해.

더
듬
다

예상했던 것보다 바람이 사나워서, 장갑을 끼고 나오지 않은 것을 후회했다. 너는 아무것도 모르는 얼굴로 여느 때처럼 건널목에 서서 나를 기다렸다. 불어오는 바람이 너의 머리카락을 흐트러뜨려, 온통 무방비한 모습이었다. 나의 찬 손을 잡아 너의 주머니에 집어넣으려 한 동작에는 군더더기가 없었으므로, 나는 불쑥 짜증이 일었다. 왜 나를 의심하지 않는가. 어째서 우리 사이의 미세한 균열을 알아차리지 못하는가. 무턱대고 누군가를 믿을 수 있는 너의 강한 자의식을 오만으로 받아들이며, 나는 잠자코 너의 손을 뿌리쳤다. 그래도 너는 미소를 거두지 않고, 나의 어깨를 가볍게 감싸 안고 걸었다.

사람들은 항상 너의 다정함을 칭송했다. 너는 누구에게나 친절했고, 배려와 인내를 갑옷처럼 두르고 다녔다. 그런 너를 견딜 수 없게 된 건 언제부터였을까. 왜 내겐 너의 다정함이 끈질기고 이기

239

적으로 느껴졌을까. 너의 선한 성품이 제멋대로인 나와 비교될 때마다, 나는 죄인이 되었다. 그러나 몸에 맞는 옷처럼 익숙해진 일상과 결별하는 일은 쉽지 않았다.

그런 생각에 잠긴 내가 의도적으로 너의 속도와 보폭을 맞추지 않았기 때문에, 너의 걸음은 발목에 추를 매단 사람처럼 불안정했다. 하지만 너는 개의치 않았고, 내게 주의를 기울이지 않았다. 나는 말 안 듣는 아이처럼 자꾸만 발길을 늘어뜨렸고, 너는 아무것도 모른다는 듯 나를 추슬렀다. 쨍, 하고 마음이 깨진 건 그때였다.

더 이상은 안 되겠어. 내 입에서 흘러나온 소리가 너의 걸음을 멈추게 했다. 너는 곤란하다는 듯 머리를 흔들었지만 미소는 잃지 않았다. 조금만 가면 돼. 금방이야. 나는 몸을 빙그르르 돌려 내 어깨를 잡고 있는 너의 팔에서 빠져나왔다. 그런 말이 아니야. 난, 점점 엉망이 되어가고 있어. 더 이상 자학하고 싶지 않아. 너는 낯선 것을 바라보는 표정으로 가만히 내 눈을 들여다보았다. 칼날 같은 바람이 우리 사이를 파고들었다. 그것이 끝이었다.

오늘처럼 바람이 차가운 날이면, 그날을 되짚어 기억을 더듬는다. 사랑이 끝났다고 더듬더듬 고백하던 나와 마지막 순간까지 고요한 미소로 나의 마음을 더듬던 너를, 만져보고 찾아본다. 짐작하고 헤아려본다. 어둠 속에서 불빛을 더듬듯. 길 안에서 자취를 더듬듯.

견
디
다

　어느 골목에선가 아코디언 소리가 들려온다. 모퉁이를 돌자 거리의 악사가 지친 미소를 짓는다. 낡았지만 잘 손질되어 있는 모자를 쓰고, 굳은살이 박인 손가락으로 건반을 짚는다. 낯설지만 친숙한 멜로디, 아마도 오래도록 사람의 입으로 전해져온 어떤 곡조가 그의 손가락 끝에서 발현하고 사라진다.

　어느 골목에선가 빵 굽는 냄새가 흘러나온다. 모퉁이를 돌자 하얗게 김이 서린 유리창 너머로 하얀 옷을 입은 요리사의 모습이 보인다. 오븐에서 갓 꺼낸 빵들이 선반 위에 가지런히 진열된다. 작은 참새 몇 마리가 종종걸음으로 가게 앞을 돌아다니며 빵 부스러기들을 쪼아 먹고 있다. 고소하고 따뜻한 햇살이 유리창을 쓰다듬으며 낮게 떠돌다 틈새를 찾아 스며든다.

　어느 골목에선가 아이들이 뛰어나온다. 모퉁이를 돌자 부드러운 모래가 깔린 조그만 놀이터가 나타난다. 파란색 물통과 노란색의 조그만 삽, 부산하고 즐거운 발자국들이 조금은 어리둥절한 얼굴을 하고 남아 있다. 가만가만 바람이 불어와 모래알을 흐트러뜨리고 스르르스르르 발자국을 지운다.

방향을 바꿀 때마다, 하나의 길로 접어들 때마다 날아가는 것들을 품는다. 혹은 그들이 나를 잠시 품고 있도록 내버려둔다. 품었던 품이 풀어지고, 날아갈 것들이 날아가고, 기억은 가물가물 흔들리며 어딘가에 그림자를 드리운다. 그리하여 그립고 따뜻한, 형체없는 무엇이 남는다. 그런 것들로 생을 견딘다. 그리움의 온기에 온순하게 마음을 맞대고, 버틴다. 변하는 겻들에 기대고, 움직이는 것들에 의지하여.

놓
다

너를 놓고 돌아오는 길, 풀들의 냄새가 난다. 푸르고 무성해지기 전의, 솜털이 보송보송 나기 시작한 뾰족하고 갸름한 이른 봄의 잔디다. 겨우내 얼어 있던 땅은 축축한 습기를 머금고 있다. 갓 태어난 봄의 햇살에 의해 보드랍게 데워진 공기는 겨울의 흔적을 털고 가볍게 날아오른다. 따뜻한 공기와 차가운 공기가 만나 뒤얽히는 사이를 통과하며, 빛은 몇 번이나 멈추고 꺾이고 상승과 하강을 반복한다. 나는 눈을 가늘게 뜨고 아른아른 흔들리는 풍경을 본다.

어찌하여 삶이라는 시간은 시작부터 사라져가는 것일까. *

나는 삶의 난폭함 안에 머리를 묻고, 무엇인가가 여기 있다고, 있어야 한다고 수없이 중얼거린다. 그때 하나의 섬광 같은 바람이 부실한 봄의 재킷 속을 거칠게 파고든다. 어디선가 비의 냄새가 나고, 상처 입은 동물의 신음소리와 같은 천둥소리가, 몸을 웅크린 채, 최후의 반격을 개시할 기회를 노리고 있다. 나의 세포 하나하

나가 소스라치게 깨어나 세계의 모든 기척을 더듬는다.

또 어찌하여 삶이 인간적이어야 한다는 것인가.*

그 초연함과 단호함, 의도하지 않은 냉정, 나를 미치게 하고 갈망하게 하고 들뜨게 했던 너를 놓고 돌아오는 길, 나는 기꺼이 다가오는 폭풍 속에 몸을 던진다. 마치 저 먼 곳, 저 높은 곳, 저 알 수 없는 세계로 나를 데려가달라고 애원하듯. 세계는 봄으로 눈부시게 흔들린다. 그리고 삶은 폭풍처럼 행복하지 않다.

* 라이너 마리아 릴케, 『두이노의 비가』 중에서 인용.

숨
다

난 말이야, 무서워 죽겠어. 이 우주가 끝없이 팽창하고 있잖아. 처음엔, 그러니까 말 그대로 처음, 더 이상 처음일 수 없는 그 처음엔, 이 모든 에너지와 물질이 먼지보다 작은, 원자보다 작은 무엇 속에 고스란히 들어 있었잖아. 그게 펑 하고 터져서 별이 되고 태양이 되고 지구가 되고 당신이 되고 내가 되었단 거지. 그 생각을 하기 시작하면 제정신일 수가 없어. 사방에서 무슨 알갱이 같은 것들이 펑, 펑, 터져서 일 초에 한 번씩 폭발하는 기분이라고. 그 광대한 우주와 좁쌀보다 작은 지구를 생각해봐. 게다가 지구는 둥글기까지 하지. 중력이란 게 있긴 하지만 우주에는 지구보다 더 힘센 것들이 무한히 널려 있다고. 걔네들이 작정하고 끌어당기기 시작하면 지구 따위는 금세 산산조각이 되어버릴걸. 그런 일은 언제라도 일어날 수 있어. 일 년 후, 한 달 후, 내일, 아니 지금 당장에라도 펑! 슈퍼맨, 배트맨, 아쿠아맨, 플래시맨, 아이언맨, 엑스맨,

Berlin

온갖 슈퍼히어로를 다 불러와도 끝은 하나야. 펑! 그리고 우리는 먼지보다 작은, 아무것도 아닌, 분자도 원자도 쿼크도 아닌, 그냥 무(無) 자체가 되어버리는 거야. 무가 된다는 말은 이상하군. '되다'라는 건 다른 걸로 바뀌거나 변하는 것인데 이 경우는 소멸이니까. 우린 할 수 있는 게 없어. 전혀 없다고. 이 우주는 우리 사정 따위 봐주지 않아. 철저하게 이기적이고 철저하게 단순하다고. 그러니 내가 안 마실 수가 있어? 마시고 자는 것 말고 할 수 있는 게 있어? 그 생각을 계속 밀어내고, 그 자리를 망각으로 채우기 위해 안간힘을 쓰는 거야. 무시무시한 가속도로 팽창하고 있는 우주가 나를 발견하지 못하기만을 기도하면서 숨어 있을 수밖에 없는 거야. 에너지는 질량에 광속의 제곱을 곱한 거잖아. $E = mc^2$이잖아. 내 질량을 감소시켜야 해. 뼛속이 텅텅 빌 정도로. 그러면 내 에너지도 줄어드는 거야. 아무도 알아차리지 못하는 존재, 그런 게 되는 거야. 영에 가까운 무엇. 난 정말로 무서워 죽을 지경이고, 정말로 죽고 싶지 않거든.

기
울
다

    사과를 깎으며, 여자는 138억 살을 먹은 우주를 생각한다. 냄비 안에서는 스튜가 끓고 있고 고양이는 동그랗게 몸을 말고 발치에 앉아 있다. 지금 이 순간에도 팽창하고 있는 우주 같은 건 고양이의 관심사가 아니다. 하지만 너도 먼지보다 작은, 무한에 가까운 밀도와 온도를 갖고 있는 어떤 것으로부터 시작된 거야. 여자는 중얼거린다. 시작은, 모든 시작은, 눈으로 인식할 수 없다. 그러나 그것을 감지하는 특별한 세포들이 있다. 즉각적인 반응을 일으켜, 지축을 기울게 하는 세포들이.

    그때 여자는 도시의 시계탑에 올라 지붕들을 내려다보고 있었다. 금방이라도 빗방울이 떨어질 것 같은 낮은 하늘이었고, 시계의 초침소리가 들릴 정도로 고요했다. 여자가 난간을 붙잡고 허리를 굽힐 때, 오렌지색 지붕들 위로 비가 내리기 시작했다. 비는 다닥다닥 소리를 내며 지붕의 이음새 사이로 스며들었고, 풍경은 물을 머금은 꽃처럼 짙은 생명으로 차올랐다. 그곳에 고양이 한 마리가 있었다. 작고 날씬하고 온통 까만색인데 네 개의 발등은 하얀색 털로 덮여 있었다. 고양이는 빗소리를 듣고 지붕으로 올라온 것 같았다. 초록색 눈을 반짝거리며 두리번거리다가, 빗방울을 낚아채려는 듯 하얀 앞발로 허공을 휘저었다. 비에 흠뻑 젖은 채로, 호기심으로 가득차서, 지붕을 오르내렸다.

시계탑을 내려온 여자가 좁은 처마 밑에서 쏟아지는 빗줄기를 바라보고 있을 때, 고양이는 자랑스럽게 꼬리를 치켜들고 다가왔다. 고양이는 솜뭉치처럼 가벼웠고, 아무런 저항도 없이 여자의 품안에 자리를 잡더니 금세 잠이 들어버렸다. 기다렸다는 듯이 비가 그치고, 서늘한 바람이 습기를 걷어 갔다. 출렁, 지축이 기울어지고 여자는 첫 발자국을 헛디뎠다. 하지만 그 다음부터는 모든 게 순조로웠다.

돌아가는 비행기 티켓을 반환하고, 호텔에서 체크아웃을 하고, 고양이가 뛰어다니던 지붕 아래 작은 방 하나를 얻었다. 사표는 이메일로 보냈고 퇴직금은 통장으로 들어왔다. 원룸 아파트의 짐들을 기꺼이 정리하여 필요한 것은 부쳐주고 나머지는 알아서 처분하겠다는 친구도 있었다. 시계탑 근처 카페에서 마침 아르바이트생을 구하고 있었다. 그렇게 한쪽으로 기울어진 여자의 세계 안에서 여자의 마음도 점점 기울어졌다.

이제 여자는 더 이상 사람에 관해 생각하지 않는다. 스튜를 끓이

고 동그란 사과를 깎으며, 먼지보다 작은 어떤 것에서 시작된 우주를 생각한다. 지금 존재하는 모든 에너지와 물질은 그 안에 있었다. 무한의 온도와 밀도를 지닌 채, 펑 하고 터질 순간을 기다리며. 누군가의 운명을 집어삼키는 것이 아니라, 끝없이 팽창시키기 위해.

내
리
다

너의 꿈은 어리석다. 낮고 느리고 보이지 않는다. 새벽에 너는 뿌리를 흔들어 밤의 집착을 털어내고 순결한 이슬을 빨아들인다. 현명한 충고들을 닦아내고 순진한 얼굴로 바보처럼 웃는다. 그러나 너의 꿈은 순진하지 않다. 다른 꿈들이 앞다투어 꽃을 피울 때, 텅 빈 잎을 자랑처럼 펼쳐 보이며 눈길 닿지 않는 어두운 곳으로 내려가는 너의 단단한 방향은 놀랄 만큼 집요하다.

그런 너를 둘러싸고 세계가 내린다. 함박눈이 내리고 가는 비가 내리고 찬 서리가 내린다. 한숨 같은 땅거미가 내리고 눈물 같은 안개가 내린다. 우주를 떠돌던 씨앗 하나가 지구에 내리고 전쟁을 하던 군인들은 이유 모를 경외에 사로잡혀 총구를 내린다. 홀로 강둑을 걸어가던 한 사람은 자신을 내내 괴롭히던 어떤 문제에 대해 결론을 내리고, 다른 곳에서 그를 생각하던 또 다른 사람은 어깨를 짓누르고 있던 짐을 내린다. 하루 종일 누군가를 기다리고 있

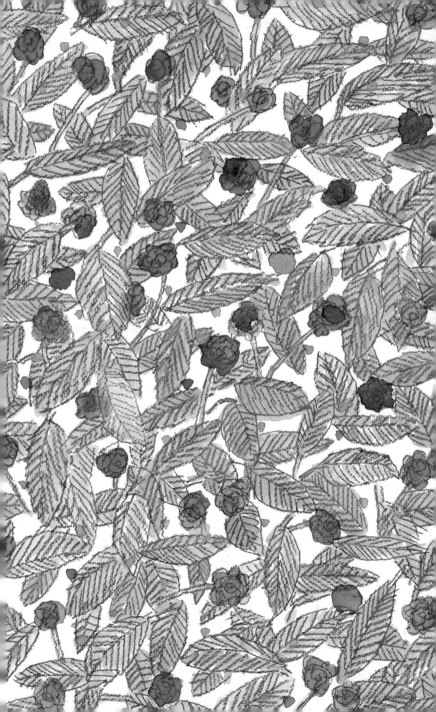

던, 또 다른 곳의 또 다른 사람은 기다림을 끝내기 위해 커튼을 내리고, 일흔일곱 살의 노배우는 관객들의 박수를 받으며 스스로 막을 내린다.

너의 꿈은 끈질기다. 흔들리지 않고 방황하지 않고 두리번거리지 않는다. 세계가 내려앉는 동안 너는 조금씩, 천천히, 소리 없이, 뿌리를 내린다. 너의 꽃은 보잘것없지만 내려가는 모든 것들은 너를 느낀다. 그 힘으로, 세계가 움직인다. 아래로, 조금 더 아래로, 더욱 더 아래로 내려가는 너의 의지로.

이
르
다

가지 끝에 매달린 한 알의 열매가 익어간다. 약속처럼 힘이 없는 것을 붙잡고, 염탐하는 새들의 눈을 피해. 따뜻하고 촉촉한 흙속에 잠겨 꿈을 꾸던 시절이 있었다. 자신이 자라 무엇이 된다는 것을 믿을 수 없었던 시절. 이를테면 우윳빛 과육과 탐스러운 향기를 머금고 윤기 나는 붉은 껍질을 자랑스럽게 내보이는 열매가 되기에는, 모든 것이 너무 작고 보잘것없어 보이던 시절. 자신의 초라한 모습을 살필 때마다 될 수 없는 것에 대한 소망은 더욱 간절해졌다. 그때 그는 세계의 지붕에 오르고 싶었다. 과학적, 사회적, 윤리적, 도덕적, 정치적, 논리적, 모든 적, 적, 적을 깨부수고 모든 일이 가능해지는 곳에 이르러, 일어날 수 없는 일들을 일어나게 하고 싶었다. 이제 열매는 풍성한 잎에 둘러싸여, 아무 일도 일어나지 않는 풍경을 본다. 그가 원하는 것은 단 하나, 희미해져가는 뿌리의 기억을 되찾는 것뿐이다. 가지 끝에서 발돋움을 하고 아래를

내려다보며, 열매는 나이를 먹어간다. 뭔가가 잘못될지도 모르지만, 더 이상 기다릴 수 없다고 생각한다. 어렴풋이 그러나 신중하게 지점을 고르고, 열매는 단호하게 낙하한다. 뿌리에 이르는 길은 그것 외에 없으므로. 또한 다시 한 번 오르기 위해, 떨어진다. 품을 수 있는 소망은 그것 외에 없으므로.

모든 것은 연결되어 있다.

흐
르
다

어제와 다른 오늘이다. 어제 아침에는 단정한 햇살이 예의 바르
게 창을 넘어와 반듯한 무늬를 만들었다. 오늘 하늘에는 흰 구름
이 가득하여 세계의 지붕이 내려앉은 것처럼 보인다. 그녀는 창을
열고 밖으로 손을 뻗어 조금 더 차가워진 공기를 만져본다. 어제와
다른 질감, 다른 밀도를 지닌 공기다. 거리를 나서면 '달라짐'은 미
세한 물결처럼 출렁거리며 그녀의 오감을 자극한다. 목각인형을
파는 가게의 차양은 어제보다 오 센티미터쯤 내려가 있다. 인상 좋
은 주인아저씨가 차양을 올릴 때, 갑자기 전화가 온 것일지도 모른
다고 그녀는 생각한다. 용건이 없는 전화. 그저 누군가의 목소리
가 듣고 싶어 하는 전화. 그래서 더욱 반가운 전화. 과일을 파는 트
럭은 이제 사과 대신 귤로 가득하다. 하얀 봉지에는 어제보다 많은
귤이 담겨 있다. 노랗고 동그랗고 향기로운 귤들을 잔뜩 매단 채
뽐을 내듯 서 있는 나무들을 떠올리며, 그녀는 미소를 머금는다.

어디선가 낙엽을 태우는 매콤한 냄새가 밀려온다. 은행나무는 노란 잎들을 끝도 없이 떨어뜨린다. 자박자박, 잎을 밟는 그녀의 걸음은 어제보다 조금 느리다.

어깨를 맞대고 걸어가는 젊은 연인들을 바라보며, 그녀는 마음이 말랑말랑해지는 것을 느낀다. 어쩌면 문득 사랑에 빠지는 일이 생길지도 모른다. 언제나 그랬듯이, 예기치 않은 한순간에, 파도에 휩쓸리듯, 화들짝 놀라며. 자신들에게 무슨 일이 일어난 것인지 알지 못한 채로, 두 사람은 마음을 전하려고 애를 쓸 것이다. 그 서툴고 더듬거리는 과정들, 무분별한 시도들, 갈팡질팡하며 희망과 절망을 오가는 날들은 그리 길지 않지만, 한 존재의 색채와 체취로 온통 흘러넘치고 파닥거린다. 마치 온전한 생을 손안에 쥐고 있는 것 같은 기분.

그녀는 총명한 사람이었다. 보고 들은 것을 기꺼이 받아들이고 즐겁게 누렸다. 섬세한 감각으로 숨겨진 것들을 찾아내고, 예민한 촉각으로 길을 열었다. 누구도 열어보지 않았던 문들을 열었고, 아무도 주목하지 않았던 이야기들에 귀를 기울였다. 그녀는 또한 현명한 사람이었다. 멀어지는 것들과 변해가는 것들에 마음을 묶어두지 않았고, 떠나가는 것들과 사라지는 것들을 붙잡지 않았다. 어이없고 부끄러운 짓을 저지른 적도 있었지만 어깨를 으쓱하고 웃어버렸다. 타인의 삶을 재단하거나 비판하지 않았고 자신의 삶을 과장하지 않았다.

하지만 그토록 생기 있게 빛나는 그녀의 시간도 쉴 새 없이 흘러, 하얀 머리카락과 주름살을 부지런히 만들어냈다. 청춘은 미끄러지듯이 그녀를 통과했고 열정은 추락하듯이 떨어져 내렸다. 그래도 하늘에는 구름이 흐르고 나뭇가지 사이로 바람이 흐른다. 밤이 오면 적적한 골목길로 달빛이 흐르고 어디선가 달콤한 귤의 향이 흘러온다. 도대체 어떻게 된 일일까. 어제와 이렇게나 다른 오늘이라니. 그녀는 생각한다. 기대고 잇대어 차곡차곡 겹쳐진 세계, 그 뿌리와 줄기를 타고 높은 곳에서 낮은 곳으로 물길이 흐르는 풍경을 본다. 내일은 오늘과 완전히 다른 하루일 거라고 흥얼거리며 그녀는 이불을 코끝까지 끌어올린다. 어쩌면 눈이 올지도 모르겠다고. 그래서 누군가를 그리워하게 될지도 모르겠다고.

흐
리
다

　어제와 같은 오늘이다. 하늘은 흐리고 바람은 조금 더 쌀쌀해졌
지만, 오늘은 어제와 동일한 무게, 동일한 채도, 동일한 질감을 가
진 하루에 불과하다는 것을 그는 잘 알고 있다. 변함없는 거리에서
는 변함없이 익명인 사람들이 변함없는 표정으로 그를 스쳐 지나
갈 것이다. 비슷한 음식을 먹고 비슷한 강도의 짜증을 내고 비슷한
우스갯소리에 반쯤 찡그리며 억지로 웃다가, 비슷한 보폭으로 터
덜터덜 돌아와, 비슷한 공허를 달래며 잠자리에 들 것이다.

　갑자기 사랑에 빠지는 일 같은 건 더 이상 일어나지 않는다. 폭
풍처럼 몰아치던 기이한 감정들, 어찌할 바를 모르고 진땀을 흘리
던 손, 화들짝 놀란 심장, 예기치 않은 말이 멋대로 튀어나오고 어
색함에 사로잡혀 서로를 탐색하던 시간들, 무엇인가 부딪치고 파
괴되고 그 에너지로 완전히 새로운 세계가 열리던 날들은 지나갔
다. 그런 청춘은 가속도적으로 폭주하다 가속도적으로 몰락했다.

그는 총명한 사람이었다. 보고 들은 것을 신중하게 저장하고 적절하게 사용했다. 어디에 가면 무엇이 있는지 알았고 무엇을 얻기 위해 어디로 가야 할지 알았다. 누가 무엇을 좋아하고 무엇을 싫어하는지 알았다. 생일과 기념일 들, 무심하게 버려진 추억에서 길어 올린 소소하고 따뜻한 이야기들을 잊어버리는 법이 없었다. 그는 또한 현명한 사람이었다. 자신의 기억력을 자랑하지 않았고 무심한 이들을 탓하지 않았다. 우스꽝스럽고 멍청한 짓을 저지른 적도 있었지만 성실하게 후회하고 진심으로 사과하고 같은 잘못을 되풀이하지 않았다.

하지만 그토록 단정하게 보내온 일생의 기억이 이제 흐려진다. 마치 타인의 삶처럼, 낯설고 터무니없다. 흩날리고 나부끼고 어렴풋하다. 도대체 어떻게 된 일일까. 어제처럼, 오늘도 그는 생각한다. 난처한 얼굴을 하고, 흐린 눈으로, 초점이 빗나간 하루를 바라본다. 과도하게 선명한 기억들이 파편처럼 박혀 있는, 얼룩덜룩한 시간들이 줄을 지어 지나가는 풍경을 본다. 어제와 같은 오늘이었다고, 내일도 오늘과 같은 하루일 거라고 중얼거리며 그는 이불을 코끝까지 끌어올린다. 바람은 조금 더 쌀쌀해지고, 어쩌면 눈이 올지도 모르지만, 모든 것이 오늘과 동일할 것이다. 이제부터 영원히.

짓
다

이 세계는 기다림으로 가득하다. 오겠다던 이를 기다리고 오지 않으려는 이를 기다린다. 슬픔이 사라지기를 기다리고 기쁨이 찾아오기를 기다린다. 어떤 일이 벌어지기를 기다리거나 혹은 그저 이 시간들이 지나가기를 기다린다.

기다리는 시간 동안 사람들은 아름다운 것들을 짓는다. 밥을 짓고 옷을 짓고 집을 짓는다. 시를 짓고 노래를 짓고 마른 땅을 갈아 농사를 짓는다. 벌들은 떼를 짓고 나비는 짝을 짓고 누에는 고치를 짓는다. 멀어진 꿈을 조용히 떠나보내며 한숨을 짓다가 아직도 펄럭이는 꿈의 자락을 쥐고 미소를 짓는다. 갓 태어난 고양이의 이름을 짓고 쓰다 만 편지를 마무리 짓는다.

기다리는 시간 동안, 사람들은 크고 작은 매듭을 짓는다. 불길한 예감을 걷어내고 그 자리를 연약한 희망으로 채우기 위해, 구르는 돌과 나부끼는 깃발의 비밀을 감지하기 위해, 타인을 받아들이

거나 떠나보내기 위해. 더욱 고요해지고 더욱 간결해지고 더욱 낮아지기 위해.

매일 아침 해가 떠오르듯 기다림이 떠오르고 세계는 부드럽게 몸을 뒤척인다. 지구의 리듬에 순응하며 사람들은 짓는다. 마주 보는 이야기를, 공존하는 이야기를, 그리하여 자신의 이야기를. 그 모든 것들은 기다림의 시간 안에서만 가능하다.

우리는 기다림 속에 있다

정홍수(문학평론가)

모두 71편의 짧은 글들이 모여 있는 황경신의 이 책을 무어라고 불러야 하나. 때로는 삶이라는 이미지 전체를 마주 세우고, 때로는 살아가는 일의 사소함과 동행하는 짧은 단상들. 뜻으로 묶인 익숙한 글자를 풀고 만져 세상을 낯설게 보는 길을 열고, 툭 던져진 말에서 번지고 스미는 사유의 여로를 이끈다. 한편으로는 동경(憧憬)이나 그리움이 그 자체로 자립하고, 다른 한편으로는 눈앞의 시간과 세상이 투명하게 서 있다. 사유는 잠정적이고 우연적인 상태를 받아들이고, 목표나 대답은 연기되고 미끄러진다. 그래서는 과정과 물음만이 있는 글들. 기대는 형식도 없다. 그저 홀로 나아갈 수 있을 때까지만 나아가되, 세계와 인간, 사물의 질서를 응시하고 숙고하는 간절함은 멈추지 않는다. 수시로 시적 허용의 경계를 탐문하고 모순어법에 자신의 사유를 내맡긴다. 낱낱의 문장은 선명하지만, 진위를 결정할 수 없는 층위는 계속 남는다. 말들에 대한 사랑은 넘쳐난다. 어리둥절함이나 당혹감은 특별한 매혹의 대상이 되고, 뒤늦게 오는 것, 천천히 더디게 다가오는 것들을 껴안는다. 모든 아름다운 것들은 슬픔과 함께 온다. 그리고 그 모든 것들 너머로 '생'이라고 부를 수밖에 없는 것, 혹은 '운명'을 향한 막막한 갈증이 일렁인다. 그러니, 다시 한 번 이 모든 것들과 동행하는 외로운 글쓰기를 무어라 불러야 하나.

성급한 호명의 욕구를 멈추고 「떨림처럼 빨리 지나가는 것들」이라는 글 한 편을 따라가보자. '떨림'이라는 말을 사랑하지 않기는 쉽지 않다. "떨림처럼 빨리 지나가는 것들"이라는 구절을 읽는다면 누구라도 잠시 숨을 죽이고 그렇게 지나가는 순간을 붙잡고 느껴보고 싶을 테다(생각해보면 황경신의 글쓰기야말로 그런 떨림의 순간을 현재화하려는 (불가능한) 시도를 곳곳에 숨기고 있기도 하다). 황경신의 글 속에 등장하는 화자 '나'도 그렇게 한다. "그리고, 순간이 지나갔다." 떨림은 어디 있는가. '나'는 생각을 밀고 나간다. 떨림의 순간이 아니라, 떨림이 지나간 이후의 여운으로. 기실 우리가 느끼는 것은 떨림의 순간 그 자체보다는, 뒤늦은 떨림 혹은 떨림의 여운일지도 모른다. 어떤 떨림은 다녀갔는지도 모르게 삶을 스쳐 간다. 떨림의 중심이 있다 하더라도, 그것은 벅찬 순간과 함께 스러지기 쉽다. 떨림의 음미와 반성은 그 떨림으로부터의 멀어짐, 망각과 함께 뒤늦게 온다. 그게 삶일 테고, 삶에 대한 글쓰기의 유일한 접근 방식일 테다. 물속에 던져진 작은 돌멩이가 만드는 떨림, 파문(波紋)의 어쩔 수 없는 시간과 연혁을 생각하며 황경신의 '나'는 확장된다. '나'는 '당신'을 부른다.

그런 식으로, 하고 나는 생각한다. 바로 그런 식으로 우리는 떨림의 순간에서 떨어져 나와, 어리둥절한 채, 점점 큰 원을 그리며 번져 가는 물결에 밀려, 다시는 되돌아갈 수 없는 중심을 그리워한다. 내가 이만큼 이쪽으로 밀려오는 동안, 당신은 저만큼 저쪽으로 밀려가는 중일 것이다. 그리고 돌멩이는, 최초의 돌멩이는 이미 바닥으로 가라앉았다. 마치 처음부터 어디에도 존재하지 않았다는 듯이.

우리는 누구나 떨림의 순간을 붙잡고 그 벅찬 느낌 안에 머물고 싶어 한다. 그러나 어떤 성숙한 정신은 떨림의 중심으로부터 멀어져가고 밀려나는 시간을 받아들인다. 그때 그렇게 밀려나는 누군가, '당신'이 보인다. 중심의 기억은 잊힌다. 생각해보면 우리의 삶은 많은 부분 떨림 혹은 파문인지도 모르는 물의 가장자리로 밀려나 있는 또 다른 '나', '당신'을 만나는 일일 테다. 그 망각들과 함께 우리의 삶은 계속된다. 이 짧은 글은, 말과 문장의 어떠함 때문이 아니라 사유의 힘으로 아름답다. 또 얼마간 슬프다. 그런데 우리는 이 글의 마지막에서 황경신의 글에서는 드물게 만나는 단호함에 부딪친다.

떨림처럼 빨리 지나가는 것들과 그들이 주고 간 여운, 혹은 망각.

삶은 계속되고, 살아가는 동안 아무것도 되풀이되지 않는다.

떨림이 망각과 여운의 흔적을 통해서만 존재한다면, 떨림의 중심을 잊고 살아갈 수밖에 없는 우리 삶은 혹 무의미한 되풀이가 될 수도 있는 건 아닐까. 그러나 황경신의 '나'는 "아무것도 되풀이되지 않는다"고 단호하게 말한다. 그런데 이 단호함에 부딪쳐 이 글에 놓인 생각의 물길을 거슬러 오르다 보면 우리는 알게 된다. 그 망각과 여운의 흔적이 있는 한, 떨림은 보존된다는 것을. 떨림이 보존되는 한 되풀이는 없다는 것을. 어쩌면 이것은 황경신의 글이 우리에게 떨림을 선사하는 방식인지도 모르겠다.

황경신의 글은 말들에 대한 사랑이기도 하다. 황경신은 운명, 기억, 안부, 연인, 인연, 환송 등과 같이 뜻과 뜻이 모여 이루는 말들을 이리저리 나누고 묶어보면서 말의 속살을 새롭게 발견하고 발명하는 순간에 도달하고자 한다. 가령, '가령'이라는 말은 어떤가. 우리는 우선 이 단어가 한자어라는 것을 알고('假令'이다) 놀라게 되지만, 황경신은 여기서 그 한자 낱낱의 의미에 구속될 생각이 없다(그러나 전혀 무관한 것도 아니다). 황경신은 바람 부는 언덕에 사는 가(假)(좀처럼 밖으로 나오는 일이 없어, 누군지 소문만 무성할 뿐이다. '假'의 의미 한 자락이 여기 상상으로 깃든다)라는 인물을 떠올린다. 그리고 동네의 치안을 책임지는 령(令)(이 경우는 의미의 의인화를 좀 더 쉽게 짐작할 수 있다)이라는 사람이 상상 속에서 태어난다. 십일월의 어느 날, '령'은 자신의 책무를 다하기 위해 '가'를 찾는다. 언덕을 오르는데 스산한 바람과 함께 칼날과 같은 비가 내리기 시작한다. 현관문을 열고 비에 젖은 '령'을 맞아주는 사람은 뜻밖에도 아름다운 여인이다. 그녀는 하얗고 커다랗고 깨끗한 수건을 들고 있고, 부엌에서는 마침 따뜻한 차가 끓고 있다. 막 구워지고 있는 빵과 함께. 자, 이 '손바닥 소설'이 마련해둔 싱그럽고 유쾌한 언어학의 결론을 보자.

규칙을 좋아하는 '령'과 상식을 싫어하는 '가'는 낮은 탁자를 사이에 두고 마주 앉아 차를 마시고 빵을 먹는다. 언제라도, 누구에게나, 무슨 일이든 일어날 수 있다. 가령, 이를테면, 만약에, 마음을 굳게 먹고 누가 누군가를 찾아간다면.

그렇구나. 가령, 이를테면… 황경신의 글들은 그 '가령'의 세계다. 마음을 굳게 먹을 필요까진 없을지 모르겠다. 산책 삼아 언덕을 오르고, 거기 문을 두드려볼 일이다. 비가 오면 비가 오는 대로, 바람 불면 바람 부는 대로. 이제, 무슨 일이든 일어날 수 있다.

'이어지다', '벌리다', '지키다', '묻다', '기대다', '멎다', '감추다', '붙잡다', '매달다', '날다', '닦다', '더듬다', '견디다', '놓다', '숨다', '기울다', '내리다', '이르다', '흐르다', '흐리다', '짓다' — 이 무심코 지나친 말들이 열어줄 낯설고 새로운 세상은 또 어떤가. 번지고 스미는 말의 흐름과 연상을 통해 황경신은 그 말들을 닦고, 만지고, 연다. 해서는 그 자신도 알지 못하는 어떤 기다림, 그리움을 쌓는다. 생각해보면 우리가 무언가를 '지을' 때, 우리는 기다림 속에 있다. 이 책의 마지막은 '짓다' 편이다. 그 마지막을 옮긴다.

매일 아침 해가 떠오르듯 기다림이 떠오르고 세계는 부드럽게 몸을 뒤척인다. 지구의 리듬에 순응하며 사람들은 짓는다. 마주 보는 이야기를, 공존하는 이야기를, 그리하여 자신의 이야기를. 그 모든 것들은 기다림의 시간 안에서만 가능하다.

여기, '나'와 '당신', '우리'가 있다. 그리고 '기다림'은 '그리움'이기도 할 테다.

나는 토끼처럼 귀를 기울이고 당신을 들었다

펴낸날 2015년 4월 5일 초판 1쇄
2021년 6월 15일 초판 6쇄

글 황경신
그림 이인
디자인 niceage
펴낸이 이태권
펴낸곳 소담출판사
서울특별시 성북구 성북로5길 12 소담빌딩 301호 (우)02880
전화 745-8566 **팩스** 747-3238
e-mail sodam@dreamsodam.co.kr
등록번호 제2-42호(1979년 11월 14일)
홈페이지 www.dreamsodam.co.kr

ISBN 978-89-7381-446-6 03810

이 도서의 국립중앙도서관 출판시도서목록(CIP)은 서지정보유통지원시스템 홈페이지
(http://seoji.nl.go.kr)와 국가자료공동목록시스템(http://www.nl.go.kr/kolisnet)에서
이용하실 수 있습니다.(CIP제어번호: CIP2015007753)